FAMILIA UNIDA FAMILIA FUERTE

EPISODIO I

VIAJE INESPERADO

FAMILIA UNIDA FAMILIA FUERTE

EPISODIO I

VIAJE INESPERADO

JOIP

A mi mujer y mis hijos, lo más valioso de este mundo.

INDICE

Capítulo 1: ZOO

Un bonito día de primavera, sábado en familia por el zoo. Este parque zoológico no es muy común, los animales disponen de grandes extensiones para moverse, aunque para muchos de ellos los cercados donde se encuentran no tienen la extensión de su hábitat natural esto parece que les da un mínimo de calidad a su vida cautiva; ¡se ve a los bichos a gusto!.

Erik y Sara, un matrimonio bien entrado en la cuarentena, con sus dos hijos, Daniel de 14 años y Kevin de 10, se habían parado en el recinto de los tigres.

.- Erik: - Mirad que hermosos animales, todo furia y agilidad.

.- Sara: - ¡Ups!, eso suena a documental de televisión.

.- Niños: ¡Jajajajajaja!

Erik y Sara rieron también.

.- Daniel: - ¿Cuándo nos marchamos?, ¡ya estoy cansado de este coñazo de parque!

.- Sara: -¡Vale ya Daniel!, llevas protestando todo el día, es pronto, aún queda mucha tarde.

.- Erik: - ¡Bufff, dichosa pubertad!

.- Kevin: ¡Mira, mira!, ¡papá!, papá!. Tienen cachorros

Una tigresa se paseaba con sus dos crías las cuales debían de tener alrededor de un mes.

Se hizo el silencio para que durante un breve rato la familia se deleitara con la escena. Lo tierno y lo salvaje se mezclaban frente a sus ojos, el porte de estas fieras les dejó embelesados. Mientras observaban a los tigres a sus rostros llegaba la suave brisa en combinación con el fuerte olor de los felinos, el murmullo de alguna conversación lejana, la alegría de los niños al ver los animales y algún que otro sonido más propio de la indómita naturaleza, la cual, aun estando cautiva, nos sigue atrayendo con fuerza. Todo este cóctel de agradables sensaciones se vio interrumpido por un fuerte ruido, una mezcla entre un chasquido y la apertura de una lata de refresco.

¡TRSSSSSSSSSSSSSS!

A partir de este momento todo se detuvo…

Capítulo 2: DESPERTAR

Erik empezó a despertarse, sentía la boca pastosa a la vez que le retumbaba la cabeza. Lo primero que pensó fue: -"¿Qué tanto bebí ayer?". No experimentaba una sensación así desde hacía muchos años cuando las juergas de fin de semana eran habituales y las resacas del día siguiente demoledoras. También le dolían todos los huesos y articulaciones del cuerpo, con lo que la idea de haberse emborrachado el día anterior perdía peso. Al abrir los ojos todo estaba muy borroso y oscuro. Poco a poco se iba espabilando, todos los estímulos que le llegaban no le cuadraban en absoluto. Se dio cuenta que estaba vestido y calzado, llevaba la misma ropa con la que salió de casa camino del zoo.

.- Erik: ¡Ohhh, jooooderrrr!. Buuuuffff, ¿pero que mierda me está pasando….?

Todo le daba vueltas, su estómago parecía una lavadora desbocada y el olor que percibía, similar al de los talleres de coches o de cualquier factoría industrial, acentuaban su malestar. Los sonidos que escuchaba eran de naturaleza metálica o similar. Empezaba a incorporarse cuando, al apoyarse, sintió el tacto de una superficie extraña, como si fuera un plástico muy duro o algún tipo de polímero; su cama no podía ser... Al quedarse sentado, aunque de forma borrosa, vio que su familia estaba dormida a su lado; también estaban vestidos. A medida que la vista se iba aclarando veía un entorno entre azul marino y negro, con unas dimensiones enormes.

.- Erik: - ¡¿pero que cojones……?!, ¡¿dónde coño estamos?!.

Parpadeó y parpadeó una y cien veces, se frotó los ojos pues su cerebro no acababa de asumir lo que estaba viendo ni percibiendo. A duras penas se incorporó para finalmente ponerse de pie. Ya veía con cierta normalidad aunque no se acaba de creer lo que se le mostraba ante sus narices.

.- Erik: - ¡¿Qué puto lugar es este?!. ¡HOLAAAAA!, ¡¿HAY ALGUIEN AHÍ?!. ¡EHHHHHHHHHHHHHHHH!, ¡¿QUÉ ESTAMOS HACIENDO AQUIIIIIIIIIIÍ?!.

Todo su cuerpo se puso en tensión, una tensión como nunca había sentido. Un pavor desconocido envolvió todo su ser; jamás le había pasado algo igual. No temía por El, si no que temía por su familia. el no poder protegerlos ante una situación que se antojaba, al menos, imprevisible y, fácilmente, peligrosa.

Sus voces hicieron que los otros empezaran a moverse pero aún no se despertaban.

Miró a su alrededor, movía la cabeza de izquierda a derecha, de arriba abajo; se giró sobre si mismo; repitió todos estos movimientos infinidad de veces y, aunque no quería creérselo, respiró hondo varias veces para finalmente asumir su situación.

.- Erik: ¡bien, joder!. Alguna explicación habrá para esto.

Estaban en lo que parecía un contenedor gigante. Aun siendo un sitio oscuro, extrañamente se veía el techo, muy lejano pero se veía bien; Erik calculó que al menos tendría unos 40 metros de altura. En las cuatro paredes se veía lo que parecían cubos apilados que llegaban hasta dos terceras partes aproximadamente de la altura habiendo a su vez unas tres o cuatro filas de ellos desde los muros, por eso la primera impresión que tuvo fue la de estar en un gran almacén.

.-Erik: ¡este sitio es enorme!

Tanto la pared de enfrente como las de los lados debían de estar a 140 o 150 metros, la que tenía a su espalda le quedaba más cerca, como a unos 50. Movió la cabeza hacia esta última para observar que había unas columnas de cubos desmoronadas, con varios de estos desperdigados por el suelo.

Empezó a caminar hacia el montón de cajones (o contenedores, o lo que fueran), no sin dificultad ya que aún seguía mareado y se desplazaba como si estuviera borracho. Nada más empezar a moverse se iluminó una amplia zona a su alrededor. Se fijó que la luz provenía de una nube esponjosa que flotaba a 4 o 5 metros de altura sobre el suelo; era como un fluorescente amorfo y gigante, le recordó a un gran algodón de azúcar luminoso, nunca había visto nada igual.

A los pocos metros vio dos pequeños bultos que se movían mientras hacían un gruñido extraño. Una vez se acercó alucinó con lo que se encontró. ¡Eran dos cachorros de tigre!; de inmediato supo que eran los del zoo. Los animales, nada mas lo vieron se le acercaron corriendo e instintivamente los cogió en brazos, parecían dos gatos rechonchos. Los felinos agradecieron el gesto, se les notaba asustados.

.- Erik: ¿pero de dónde salís vosotros dos?.

Alzó a los dos felinos girándolos en el aire para verlos mejor; no se lo podía creer.

.- Erik: cuando mi familia os vea van a flipar con vosotros. Sois igual que dos peluches con dientes.

Al avanzar un poco pudo ver un contenedor encima del cuerpo de un tigre adulto, todo indicaba que había caído sobre la madre de los cachorros aplastándola. Se acercó hasta dar casi con la nariz en el cubo para observarlo más de cerca. Tenía un color extraño, entre marrón y amarillo, le daba la sensación de que las paredes eran transparentes, recordando al cristal tintado. Al tacto era como una goma dura, como si tocara el salpicadero de un coche. El acabado era perfecto, liso, sin grietas ni rozaduras ni otro defecto. Se movió alrededor del mismo para ver que se veía dentro pero no pudo distinguir con claridad lo que había en su interior. Casi en el centro, le pareció ver varias figuras, ¿con forma de mono?; no lo tenía claro. ¿o eran maniquís?.

.- Erik: - ¿por alguna razón habremos venido a parar a un almacén donde se guardan animales?.¿será del propio zoo?. ¡No entiendo nada!.

Volvió hacia donde estaba su familia, ahora ya caminaba casi normal, se estaba reestableciendo. Primero fue donde su mujer la cual ya empezaba a despertarse. Posó a los tigres y la ayudó a incorporarse.

.- Sara: (con voz somnolienta): Erik, ¿que me pasa?, no puedo con mi alma, no me encuentro bien, estoy baldada. ¿nos emborrachamos ayer?. No me acuerdo de nada…

.- Erik: - tranquila cariño, intenta despejarte poco a poco. Estoy como Tú de confuso, a ver si una vez te espabiles entre los dos somos capaces de averiguar que pasa… y que pasó.

La mujer miraba hacia arriba y alargo la mano hacia la nube luminosa sobre sus cabezas

.- Sara (con voz somnolienta): - ¿y esa luz?. ¿Dónde estamos?, ¿estamos en casa?, no me lo parece, ¿verdad?.

La mujer fue incorporándose poco a poco con la ayuda de su marido hasta quedar sentada.

.- Sara (con voz somnolienta): - ¿Qué está pasando Erik?, ¿Por qué estoy así?, ¿comeríamos algo en mal estado?. Tú no tienes buena cara tampoco

.- Erik: - No lo sé amor, estoy también totalmente desorientado. Me levanté igualmente con mucho mal estar pero ya me ha pasado así que de eso no debemos preocuparnos por el momento. Lo primero que tenemos que averiguar es donde coño estamos.

Erik cogió su Smartphone y al encenderlo vio que no tenía cobertura. Intentó saber su ubicación con la aplicación de geolocalización pero no le funcionó, no había señal.

.- Erik: - ¡mierda! ¡putos aparatos de los cojones! ¡cuando mas los necesita uno no funcionan!.

.- Sara: - ¿no hay cobertura?. Mira a ver si moviéndote coges algo de señal. Intenta salir de este…, antro o lo que sea en el que estamos a ver si hay suerte.

.- Erik: - Vale, vigila a los críos, supongo que en breve despertaran, voy a ver. ¡Ah, espera!, te tengo otra sorpresa.

El hombre se volvió hacia donde estaban los tigres, los cogió y los llevó donde su esposa.

.- Sara: - ¡Ohhh!, ¡no me lo puedo creer!, pero ¿de dónde han salido?, ¡son los del zoo!. ¡Parecen peluches!.

Sara cogió a uno de ellos en brazos y lo acarició, el cachorro recibió con mucho gusto los mimos. Cogió al otro también y los posó junto a ella.

.- Sara: - ¡Míralos! Si parecen dos gatitos gigantes. – Esbozando una sonrisa. – ¿Cómo han llegado aquí?

Erik se encogió de hombros

.- Erik: ¿y cómo hemos llegado nosotros?.

La pareja se miró un instante y luego volvieron la vista hacia los cachorros. Este minuto con los "tigritos" fue un breve paréntesis de alivio, enseguida se esfumó el bienestar para volver a sus cabezas el desconcierto provocado por la situación que estaban viviendo.

.- Erik: - Voy a ver que encuentro por ahí… Los síntomas irán pasando, vete levantándote poco a poco pero no te muevas de aquí. Estate pendiente de los niños, vengo enseguida.

El hombre empezó a caminar hacia el centro de…., lo que fuera aquello, una nave industrial enorme, un almacén gigante, "¿dónde coño estaremos?" se preguntaba constantemente. Mientras se desplazaba su alrededor estaba iluminado, esa especie de nube sobre su cabeza lo detectaba y le proporcionaba luz. Curiosa e interesante tecnología se decía Erik. Al caminar también se dio cuenta de que el firme tenía una ligera rampa hacía abajo, era como si bajara una ligera pendiente. Llevaría caminados unos 40 o 50 metros cuando, a su izquierda, le pareció ver un objeto grande, con formas triangulares pero no supo identificarlo. Se dirigió hasta el mismo y cuando se acercó lo bastante para distinguirlo su cota de alucine se elevó todavía más. Se quedó parado, con las manos en la cabeza, en un gesto ostensible de asombro; delante de sus narices tenía un avión militar, un caza de combate.

El aparato estaba posado sin el tren de aterrizaje y sobre el ala derecha, la cual se veía rota. El ala izquierda y el resto se veían sin daños aparentes. El morro miraba hacia la pared de los grandes dados caídos.

Le dio la sensación de que era más pequeño de los que había visto en la televisión, las películas o en alguna foto; sería por estar sin las ruedas, se dijo para sí. Pero no había duda, era un avión de combate. Se movió a su alrededor para inspeccionarlo mejor. Pudo ver que a la cabina le faltaba una parte, se asomó y el asiento no estaba, al parecer el piloto se había eyectado. Miró en todas direcciones y, a la derecha del aparato, a cierta distancia, vio un bulto irregular. Se acercó y pudo distinguir el paracaídas. Tiró de él quedando al descubierto el inmóvil piloto sobre su asiento.

.- Erik: ¡Hola!, ¿¡estás bien!?. ¡Eh!, ¡amigo!

Una vez a su lado lo movió para intentar despertarlo pero el cuerpo no reaccionó. Le quitó el casco y descubrió una cara sin restos de vida alguna. Lo tocó notándolo frío. En ese momento un latigazo de preocupación recorrió todo su cuerpo y la desazón se apoderó por completo de Él. Se quedó un rato absorto mirando el cadáver; ¡Que confuso era todo aquello!.

.- Erik: ¿Qué cojones hace un avión de combate aquí y porque demonios su piloto está muerto a unos metros del mismo?. ¿Y qué será lo siguiente?, ¿un dragón?, ¿un transatlántico?. ¡No me jodas hombre!

Durante un leve espacio de tiempo intentó buscar en su cabeza una explicación pero no la encontró. Secuestrados no parecía que estuvieran ya que no había rastro de los secuestradores, el fin del mundo no le daba la impresión que hubiera llegado, ¿estarían experimentando con ellos en un programa militar ultrasecreto?, ¡buff!. ¡Erik, cuantas series y pelis de ciencia-ficción has visto!, se dijo así mismo sintiendo un poco de vergüenza. A lo mejor era un reality show super-sofisticado, nunca se sabe, estos de la tele con tal de coger audiencia son capaces de cualquier cosa…Esbozó una sonrisa, agitó la cabeza para despejarse y volvió sobre sus pasos para regresar con su familia.

.- Sara: ¿Has podido averiguar algo?. Los niños empiezan a moverse pero no quería despertarlos hasta que llegases.

.- Erik: No te lo vas a creer, hay un caza de combate en medio de este almacén y el piloto está muerto a unos metros.! ¡Joder Sara, esto es surrealista del todo!, ¡es como una puta pesadilla!. ¿Qué más sorpresas nos esperaran?

.- Sara: ¡Por Dios Erik!, tenemos que salir de aquí y avisar a la policía o a alguien para que nos ayude. ¿Has podido coger cobertura?

.- Erik: ¡nada, no hay manera!. Voy a dar otra vuelta y ver si puedo conseguir señal o una salida o una explicación de que coño está pasando.

El hombre cruzó hasta la pared más alejada y comprobó que aquí los bloques estaban perfectamente alineados. Caminó hacia su izquierda, llegó a la esquina del recinto y siguió por su zurda. Ahora el suelo se inclinaba hacia arriba ligeramente. Nada más rebasar la siguiente esquina, la uniformidad se rompió, había más bloques esparcidos por el suelo. Al acercarse vio una forma irregular que salía de la pared.

. - Erik: ¡esto es roca!

Miró alrededor y observó que la pared, de donde salía la piedra, estaba rota. Se acercó y pudo pasar a través de la grieta que había en el muro hacia el exterior. La temperatura afuera era agradable aunque un poco sofocante. La oscuridad de la noche reinaba pero pudo distinguir que había mucha vegetación. Seguía sin señal en el móvil. Caminó sin alejarse demasiado; aquí ya no había gas lumínico y con el espesor de las plantas no veía más de 4 o 5 metros a su alrededor. Tampoco pudo distinguir ni el tamaño ni la forma de la estructura de la que había salido; eso sí, estaba seguro de que era enorme. Encendió la linterna de su Smartphone pero de poco le sirvió, lo que le alumbraba no le proporcionó nada de confianza y rápidamente dio media vuelta. Volvió a entrar para ir donde su mujer.

.- Erik: He podido salir fuera, hay un bosque pero como está oscuro no he podido avanzar mucho ni ver nada relevante. Vamos a esperar a que amanezca y podremos aclarar donde estamos.

.- Sara: O nos confundimos más todavía….

Su marido la miró y, esbozando una sonrisa irónica, asintió.

.- Erik: a ver si los chicos aguantan dormidos hasta que amanezca. Voy a dar otra vuelta

Volvió donde el avión. Lo rodeó admirando el aparato ya que nunca había estado tan cerca de uno.

Miró a ambos lados, como el crio que está a punto de hacer una trastada y quiere confirmar que no le ve nadie, para, de un salto, meterse en la cabina del avión. Con sus dedos exploraba el panel de control, mas bien lo acariciaba.

Al coger la palanca de mando le vinieron a la mente los simuladores de aviones de combate con los que jugaba de chaval en los salones recreativos.

.- Erik: ¡Estos aparatos son la hostia!

Por un momento se había olvidado de lo acontecido anteriormente así que se dedicó a disfrutar del momento. No todos los días uno puede subirse a un avión de combate para enredar un poco con él. Al cabo de unos minutos se salió de la aventura imaginativa en la que se encontraba derribando enemigos, haciendo acrobacias, ametrallando barcos de guerra y superando la velocidad del sonido. Tanto dentro como fuera del aparato se sacó un montón de fotos, incluso se hizo varios selfis.

.- Erik: cuando se lo enseñe a los colegas se van a cagar de la envidia.

Fue de nuevo donde el piloto y, tras un vistazo rápido, vio que tenía una pistola. Dudó si hacerse con ella pero rápidamente su cerebro asoció el arma a una forma de defensa ante lo que pudiera venir. Comprobó que estaba cargada con el cargador completo. La metió entre el pantalón y su espalda.

Volvió a la zona de los cubos caídos donde había encontrado a los cachorros. La nube luminosa le acompañaba en todo momento y daba luz a bastante espacio a su alrededor.

.- Erik: tengo que hacerme con una…, lo que sea esta forma de iluminar el camino tan novedosa y eficaz.

A medida que se aproximaba había más contenedores esparcidos. Se acercó a uno de ellos ya que le llamó la atención las figuras que contenía. Cuando estuvo a un palmo vio con claridad lo que había dentro, se quedó paralizado, sin habla y casi sin respiración. Sus ojos se abrieron como nunca y tuvo la impresión de que se le salían de las órbitas. Pasados unos segundos reaccionó e instintivamente acercó su mano al cubo de 3 por 3 metros que tenía delante y al cual casi tocaba con su nariz. Dos figuras humanas de pie y paralizadas como estatuas con los ojos abiertos estaban en el mismo borde de aquel escaparate macabro. Era una pareja con la que se habían cruzado un par de veces en el zoo. Ahora la hipótesis de que los habían secuestrado cogía fuerza, de alguna manera los habían atrapado en estas cajas del infierno. Pero, ¡¿Por qué?!, probablemente para experimentar con ellos, traficar con sus órganos, sabe Dios…., la maldad no tiene límites. Erik no paraba de mover la cabeza en una mezcla de asombro, rabia y temor.

Se desplazó a ver el resto de cubos que había esparcidos por allí para comprobar que en todos la escena se repetía; personas paralizadas igual que estatuas del museo de cera. En algunos sólo se veían figuras borrosas al estar ubicadas más al interior del poliedro transparente pero en otras se distinguían perfectamente al situarse no tan adentro. Había de todo, niños, mayores, abuelos, incluso pudo ver un carrito de bebé y un par de perros.

.- Erik: ¡hay que ser hijos de puta!. Estamos metidos en un depósito gigante lleno de personas congeladas. ¡¿Quién cogones tiene la mala fe de hacer algo así?!.

El hombre se sentó en el suelo, abatido por todo lo que les estaba sucediendo en tan poco tiempo. Le vino a la cabeza un pensamiento que le añadió más preocupación aun a todo lo acontecido: quienes hayan hecho esto tienen una capacidad tanto económica como tecnológica tremenda, escapar de aquí no va a ser nada fácil.

Se levantó como un resorte y algo en su interior despertó.

.- Erik: ¡A los problemas soluciones!. Mi familia es lo primero. Hay que salir de aquí y conseguir contactar con las autoridades o quien quiera que pueda ayudarnos.

Cogió su móvil y realizó un montón de fotos y grabaciones, la sociedad tenía que saber esto para así castigar a los responsables.

Fue a buscar a su mujer y la llevó a ver tan macabro hallazgo. A la pobre casi se le desencaja la cara, miraba a su marido buscando una explicación que este no era capaz de darle. Su cuerpo se dobló para vomitar al tiempo que las piernas le fallaron de forma que calló de rodillas.

.- Sara: ¡¿Para qué me traes aquí y me enseñas esto?!, ¡pero, pero…¿por qué nos tienen en este…, este hangar de mierda, o… o lo que sea esto?!. ¡Erik!, ¡¿Qué está pasando?!.

La mujer rompió a llorar desconsoladamente. El la cogió para así abrazarla con la intención de calmarla. Dejó que se desahogara. Cuando se calmó le habló con toda la tranquilidad, el cariño y firmeza que pudo.

.- Erik: Tenemos que despertar a los chicos y marcharnos de aquí. Por lo que se ve a través de la grieta ya debe de estar amaneciendo. No sabemos porque estamos aquí ni quien nos ha traído pero seguro que no es por una buena causa. Intuyo que algo les ha salido mal lo que nos da una oportunidad de escapar. Ya habrá tiempo de buscar una puta explicación pero ahora tenemos que huir para ponernos a salvo cuanto antes. De nada nos sirve llorar y lamentar Sara, recuerda lo que hablamos siempre: "a los problemas se les buscan soluciones".

Ella se secó las lágrimas y haciendo un gran ejercicio de entereza hizo lo que su marido le pidió. Él se fue hacia el avión a ver si había algo que les pudiera servir en su huida. Dentro de la cabina no vio nada que pudiera aprovechar. Fue donde el cadáver para registrarlo, encontró una brújula, unos prismáticos, pastillas potabilizadoras, varias bengalas, cerillas, un cuchillo y un pequeño botiquín. También cogió sus gafas de sol y un bolígrafo. Miró al desdichado aviador, en un gesto de agradecimiento, asintió y le dio dos palmadas en el pecho.

Cuando llegó donde su mujer y sus hijos estos se estaban despertando.

.- Erik: He encontrado algunas cosas que nos pueden ayudar. Ve levantándolos para ponerlos en marcha. No los asustes, no les hables de toda la gente que hay aquí…, no sé como decirlo, paralizada o congelada. Si preguntan diles que algo raro ha pasado y que estamos tratando de solucionarlo. Voy a salir fuera para investigar.

.- Sara: ¡Que fácil lo ves!, ¿piensas que tus hijos son tontos?.

.- Erik: Ya lo sé Sara; entre que se espabilan y no, los vamos sacando de aquí, ya les diremos lo que sea sobre la marcha, pero hay que largarse cuanto antes.

Al atravesar la grieta, la luz lo cegó por unos instantes. Una vez sus ojos se acostumbraron a la intensidad lumínica del exterior pudo empezar a moverse. A su alrededor había una vegetación exuberante. Además hacía calor con lo que le dio la sensación de estar en una selva o algo parecido. Pudo caminar con cierta soltura ya que aquella supuesta jungla no era muy espesa. Se alejó de donde había salido y cuando consideró que la distancia era suficiente se dio la vuelta para ver las dimensiones de aquel almacén del horror en el que se habían despertado. Era enorme, con las dimensiones de un estadio deportivo. Tenía la forma de prisma o, casi mas bien, de cubo. El color de las paredes era negro como el carbón, similar a una gigantesca piedra de azabache en forma de dado. Su acabado era perfecto, sin fisuras ni imperfecciones, las paredes eran lisas como una pista de hielo bien pulida pero de color negro.

Siguió caminando adentrándose en la espesura pero volviéndose cada poco para no perder la referencia del gran bloque. Se paró un momento para ver si era capaz de escuchar algo que sonara a civilización pero lo único que se oía era el zumbido de los insectos, el movimiento de las hojas por el suave viento acompañados de rugidos y bramidos de todo tipo. Estos últimos parecían lejanos con lo que no le provocaban mucha inquietud; o por lo menos no le sumaban más de la que ya tenía. Se movía hacia su derecha describiendo una circunferencia cuyo centro era el gran dado negro, quería explorar los alrededores sin alejarse demasiado. Tras dar una vuelta completa no vio nada relevante, salvo un gran rastro de vegetación aplastada y machacada, como si hubieran arrastrado aquel colosal cajón hasta allí, el ancho del destrozo provocado coincidía con el del gigantesco recinto. Tampoco pudo coger cobertura para poder comunicarse.

. – Erik: ¿Dónde coño estaremos?. Este calor sofocante, estas plantas…

Cuando Erik llegó con los suyos sus hijos ya estaban despertando. Kevin rápidamente se puso en pie, cosa que le sorprendió a su padre.

.- Erik: Joder con el enano que ya está fresco como una lechuga. Será el vigor de la niñez...

¿Qué tal hijo, como te encuentras?.

Le dijo abrazándolo y besándolo

.- Kevin: Me sentía un poco revuelto al despertar pero ahora ya se me pasó. ¿Qué sitio es este papá?¿por qué estamos aquí?

.- Erik: Pues aún no lo sabemos, estoy tratando de encontrarle una explicación.

Hola Daniel, ¡campeón!, ¿Cómo vas hijo?.

El chico no se había recuperado del todo, aún estaba sentado, un poco aturdido y mareado. Lo abrazó mientras lo besaba paternalmente.

.- Daniel: Papá no me siento bien, lo veo todo muy muy oscuro y la cabeza me da vueltas

.- Erik: tranquilo, pronto se te pasará. A mamá y a mí nos ocurrió lo mismo, tardamos un rato en recuperar. Tu seguro que te repondrás mucho antes, ¡ya verás!.

Cogió a su hijo mayor y lo ayudó a levantarse pero al ver que aún no se sostenía en pie lo volvió a sentar.

.- Sara: Kevin ayuda a tu hermano, tengo que hablar con tu padre

Apartó un poco a su marido para ver que hacían a partir de ahora

.- Erik: Alrededor de este chisme es todo un bosque, no he visto nada que indique presencia de personas. Se puede caminar por él, no es muy tupido. Sinceramente no sabría que rumbo seguir ni si será buena idea adentrarse.

.- Sara: Seguro que es mejor que quedarse en este siniestro lugar. No sé lo que nos encontraremos ahí fuera pero aquí no podemos quedarnos, no tardaran en aparecer los cabrones que nos han capturado y cuanto más lejos estemos mejor.

.- Daniel: ¡Agggggggg!, ¡quítamelos de aquí. ¡Puto niño!.

.- Kevin: jajajajaja, ¿!pero que haces flipao?!. Si son dos gatitos inofensivos.

Cuando sus padres se acercaron la cara Kevin era de entusiasmo puro, tenía a los dos tigres en brazos mientras miraba a sus padres con unos ojos radiantes. Sin embargo su hermano no parecía tan contento pero por lo menos el encuentro con los felinos le había espabilado

.- Kevin: ¿podemos quedárnoslos?. Yo los cuidaré. ¡Porfa, porfa, porfa!

.- Erik: Claro que si hijo, pero cuídalos bien, ¿vale?

Al ver la mirada inquisitiva de su mujer la cogió de las manos y le susurró al oído

.- Erik: Los tigritos los tendrán distraídos y será más llevadero para ellos lo que nos acontecerá ahí fuera.

Sara asintió y miró a sus hijos con una leve sonrisa.

Kevin se sentó al lado de su hermano y le acercó uno de los cachorros. Pasado el susto el chico lo aceptó de buen grado cogiéndolo para acariciarlo.

La mochila que tenían con comida y bebida estaba allí, intacta. La mujer comprobó que los alimentos estaban bien, tal cual los había preparado. Las 4 botellas de agua también seguían ahí. Los chicos hicieron lo propio con sus macutos donde guardaban el móvil, la consola y sus cosas. Sara cogió su mochila-bolso con sus pertenencias y Erik metió en la suya lo que había recogido del piloto excepto el arma (seguía en su espalda) y el cuchillo, el cual se lo puso delante, a un lado sujeto en su cinturón.

Una vez estuvieron fuera Erik no supo hacia donde tirar. Su mujer lo interrogaba con la mirada pero no sabía que hacer.

.- Erik: No se hacía donde ir, no tengo una referencia a la que acogerme y, por mucho que mire la brújula que mas da, Yo que sé cual es el camino correcto.

.- Kevin: ¿oís esos bramidos?. Parece como si fuera ganado, algún tipo de herbívoro. No son rugidos ni gruñidos típicos de algún animal peligroso, o por lo menos a mí no me lo parece.

.- Erik: ¿Tú no habrás leído demasiados libros de animales y visto demasiados documentales?

Le dijo su padre sonriendo

El niño se encogió de hombros devolviéndole la sonrisa.

.- Erik: Pues venga, el señorito Attenboroug manda, pongamos rumbo hacia los bramidos.

.- Daniel: Un momento, todavía no me habéis explicado que coño estamos haciendo aquí. No recuerdo nada. Hace un rato estábamos en el zoo y me he despertado en no se sabe donde. Y, ¡Papá!, ¡¿Qué coño haces con ese pedazo de puñal al cinto?!.

Sus padres le dijeron lo mismo que a Kevin tratando de tranquilizarlo como pudieron. El chico empezó a llorar y su madre le abrazó para calmarlo. Daniel era consciente de que algo muy malo estaba pasando.

.- Erik: ¡Máquina, escúchame!, averiguaremos que está pasando, saldremos de aquí y volveremos a casa. Juntos lo conseguiremos, ¿ok?.

El chaval se secó las lágrimas a la vez que trató de mostrar toda la firmeza que pudo. Su padre le chocó la mano, como hacen los futbolistas al inicio de los partidos, para luego atraerlo hacia si abrazándolo. Esto animó a Daniel dándole fuerzas. Se giró hacia su hermano pequeño y le cogió uno de los cachorros.

.- Daniel: ¡Venga bro!, yo te llevo a uno de estos sacos de pulgas.

Los dos hermanos se cogieron por los hombros e iniciaron la marcha hacia

donde les parecía que había menos peligro.

Capítulo 3: EXCURSION

La familia llevaba caminando un par de horas por lo menos sin que por el momento no hubieran visto nada que les llamara la atención. Árboles y más árboles, plantas y más plantas. La monotonía verde empezaba a cansarles.

.- Daniel: ¿Os habéis fijado que no se oye ningún pájaro?. Sólo el zumbido de algunos insectos y las vacas de Kevin.

.- Kevin: No sé si son vacas u otro tipo de herbívoro listillo, pero carnívoros o depredadores seguro que no.

.- Erik: No empecéis ¿!eh!?. Allí parece que hay como un montículo, vamos hasta allí a ver si podemos orientarnos un poco mejor desde una elevación.

Habían llegado a un pequeño claro y desde ahí se encaminaron hacia donde el hombre indicó.

.- Sara: ¡Erik, espera!.

Su marido se volvió hacia su mujer y su hijo mayor, los cuales iban unos pasos rezagados. A unos 50 metros más atrás el pequeño Kevin se había quedado parado y miraba hacia arriba, como si por encima de los árboles hubiera algo que le llamara mucho la atención.

.- Erik: ¿Qué le pasa, porqué se ha quedado parado?. ¡Venga chaval, no te quedes ahí como un pasmarote!.

El crio señaló con el índice hacia arriba. Su familia se giró en la dirección que indicaba pero no vieron nada, sólo árboles inmensos y vegetación.

.- Daniel: ¡Vamos pringao, deja de hacer el idiota y mueve tu culo!

Tras la mirada inquisidora de Sara el primogénito levantó las manos como símbolo de tregua.

Erik, seguido del resto, se acercó a su hijo. Estaba desencajado con los ojos abiertos como platos. Nunca le habían visto así. Sara se agachó y abrazó a su pequeño

.- Sara: ¿Qué te pasa hijo?. Parece que hayas visto al mismo demonio.

Erik y Daniel miraban en la misma dirección donde hacía nada el pequeño tenía puestos los ojos pero no vieron nada raro.

.- Erik: ¿Qué has visto Kevin que tanto te ha asustado?. ¡Eh, eh!. ¡Kevin!

El niño dejó de mirar arriba para atender a su padre. Luego su cara se relajó esbozando una sonrisa.

.- Kevin: Papá, hacia donde te diriges no es un montículo. ¡Mira!, se mueve.

El resto de la familia se giró y, tras fijar la vista hacia la supuesta elevación, pudieron comprobar que efectivamente se movía; lentamente pero se movía.

De repente un bramido estruendoso los sorprendió sobresaltándolos. Una enorme cabeza se elevó por encima de los árboles a la vez que emitía el fragoroso sonido. La familia al completo se quedó petrificada observando al gigantesco animal.

.- Erik: Eso, eso es…., es un …

.- Kevin: Si Papá, es un dinosaurio.

.- Erik: ¡No puede ser!.

.- Kevin: Lo que no puede ser es un montículo móvil.

.- Sara: ¡Maravilloso!, ¡Que criatura tan hermosa!

. - Erik: Sara no me jodas, ese bicho no debería de existir.

.- Daniel: Nosotros tampoco deberíamos estar aquí y ya ves…

.- Erik: Dejaos de tonterías, si ya no me cuadraba nada de todo esto que nos está pasando ahora sí que ya no sé por donde cogerlo. ¡¿Sois conscientes de que eso es un puto brontosaurio o diplodocus o como se llame?!.

El animal comía plácidamente de las copas de los árboles a la vez que les observaba con cierta curiosidad.

Los cuatro observaban atónitos al gigantesco saurio en una mezcla de asombro, temor y admiración.

. – Kevin: No es un brontosaurio, es un argentinosaurus.

Los otros tres se volvieron hacia el niño, se quedaron mirándolo en silencio mientras les explicaba las características que identificaban a un argentinosaurus

.- Daniel: Jooooodeeeeerrr. ¿habremos viajado a la Argentina de hace 100 millones de años?

Se miraban unos a otros a la vez que al dinosaurio intentando comprender que estaba pasando. Varios bramidos sonaron en las cercanías para seguidamente aparecer mas argentinosaurius. En un momento se vieron rodeados de titánicos seres lo que los llevó a juntarse espalda con espalda en un acto instintivo.

.- Kevin: No os asustéis, son herbívoros y no nos harán nada. Se están desplazando buscando comida entre la vegetación.

Al oír esto los otros se tranquilizaron un poco y, tras observar a los grandiosos animales un rato, se dieron cuenta que el benjamín de la familia tenía razón, los argentinosaurius se movían lentamente comiendo las hojas de los árboles. Algunos los miraban con curiosidad, y no por mucho tiempo, otros seguían a lo suyo sin prestarles atención. De vez en cuando se oía un bramido o varios a la vez, había cierta armonía en aquel rincón de la espesura.

Kevin se apartó un poco para sentarse sobre un tronco caído. Estaba embelesado mirando aquellos hermosos saurios. Había leído un montón de libros sobre ellos y visto innumerables documentales. Se conocía a todos los dinosaurios, sus características, cuando vivieron, que comían, etc….. Ni en el más atrevido de sus sueños imaginó un encuentro así. No importaba en la situación en la que se encontraban, sus padres la resolverían, tenía que disfrutar el momento y lo estaba disfrutando de verdad.

Los demás se miraron, dieron a los hombros hacia arriba y asintieron; acto seguido se sentaron al lado del peque de la familia a disfrutar del espectáculo.

.- Erik: Os dije que os llevaría a ver animales y sería un día inolvidable en familia

Los demás rieron con alegría sincera.

.- Sara: Vuestro padre nunca defrauda JAJAJAJAJA rieron los demás

.- Daniel: Papá, podías pedir unas pizzas con unos refrescos, con eso el día sería insuperable.

JAJAJAJAJA volvieron a reír.

Durante un buen rato la familia se relajó para seguir deleitándose con la escena cretácica que tenían delante entre bromas y risas.

¿Qué tendrán los dinosaurios que encandilan a cualquiera?. Podían haber estado horas observándolos; además tenían al benjamín del grupo que les hacía de maestro de ceremonias y guía turístico ante tan titánico show. Sus hábitos, que comían, como se reproducían, etc…se lo sabía todo.

Lo malo de esta sufrida vida es que lo bueno suele durar poco; de repente un rugido aterrador rompió la magia del momento. Todos se pusieron en pie a la vez que sus cuerpos se tensaron como la cuerda de una ballesta antes de dispararse.

Volvió el rugido, esta vez sonaba más cerca y más seguido.

.- Kevin: Eso no lo hace un herbívoro.

.- Erik: ¡Vamos hacia los árboles, rápido!. Kevin, ¿Qué depredadores vivían con estos dinosaurios?, ¿a qué podemos enfrentarnos?

.- Kevin: Los Carnotauros, los Giganotosuaurus., los Maposaurus, también puede que sean los ….

.- Erik: ¡vale, vale!, es suficiente. Me imagino que serían enormes, con muchos y grandes dientes, ¿verdad?

.- Kevin: Sí sí, así eran papá, y muy agresivos.

Salieron del claro corriendo, en dirección contraria a donde sonaban los rugidos. Erik eligió un árbol grande y de fácil acceso para que todos se subieran. Treparon unos 9 o 10 metros por encima del suelo. Se acomodaron lo mejor que pudieron y esperaron en silencio.

No tenían mucha visibilidad pues el resto de árboles les tapaba la vista; si veían bien a los Argentinosuaurius, sus cabezas por encima de las copas o sus enormes cuerpos moviéndose en la espesura; se estaban alejando de allí.

.- Daniel: Nuestros colegas gigantes se están pirando, parece que con prisa. ¡Oh, oh!, no me gusta nada…

Oyeron pasos bajo sus pies, volvieron la mirada hacia el suelo y se encontraron con un bicho que no les agradó nada. Otra especie de saurio estaba olisqueando el aire. Este no tenía la pinta apacible de los otros, su enorme cabeza provista de grandes dientes les heló la sangre, el horror se reflejaba en sus caras. Pero nadie gritó ni dijo nada, se miraban con complicidad y, sin saber como, coordinaban perfectamente sus silenciosas acciones; ¿"Instinto Familiar De Supervivencia"?. Al poco rato aparecieron otros dos bichos iguales al anterior viniendo desde direcciones distintas, esto llamó mucho la atención de Erik que rápidamente comprendió que estos dinosaurios cazaban en manada y bien coordinados como los lobos o los leones. La familia al completo siguió sin moverse, expectantes. Incluso los cachorros de tigre, en brazos de los chicos, no se movieron ni emitieron sonido alguno; siendo depredadores en la cima de la pirámide alimenticia eran conscientes de su actual vulnerabilidad.

Los grandes carnívoros estuvieron un rato alrededor del árbol, mirando hacia arriba, olfateando el aire, muy nerviosos, se notaba que habían detectado a la familia pero no eran capaces de ubicarlos exactamente. Iban de acá para allá hasta que de repente desaparecieron, con la misma rapidez que llegaron se esfumaron.

El silencio de la familia se alargó un poco más.

.- Sara: (voz baja) Kevin, hijo, ¿qué clase de demonios eran esos?

.- Kevin: (voz baja) Unos muy malos mamá, Giganotosaurius. De los depredadores más feroces que nunca hayan existido.

.- Daniel: (voz baja) ¿Pero cómo coño hay bichos de estos por aquí?. ¿hemos viajado atrás en el tiempo hasta el Jurásico?.

.- Kevin: (voz baja) Cretácico mas bien.

.- Sara: (voz baja) ¿Cómo vamos a viajar atrás en el tiempo?, ¡eso es imposible!.

La mujer miraba a su marido en busca de respuesta

.- Erik: (voz baja) No sé que decir, a mí también me parece imposible pero aquí estamos. Puede ser que nos hayan llevado a alguna isla remota donde los dinosaurios sobrevivieron, o esto sea un complejo experimental, o que se Yo….

.- Daniel (voz baja) Igual son robots de un parque de atracciones nuevo y nos han dado el pase vip.

.- Sara (voz baja) ¿Y el premio incluía secuestro y somníferos?, No creo que sean mecánicos, esos son animales de verdad. Que tontería…

.- Kevin: (voz baja) También puede que …

.- Erik: ¡Qué coño mas dará el motivo!, no perdamos un segundo en elucubraciones tontas, centremos toda nuestra atención en ver como salimos de esta, ahora más que nunca tenemos que aplicar lo que siempre os digo: **a los problemas hay que darles soluciones.**

.- Kevin: ¡chissssssstttttt! (voz baja) Vas a delatarnos.

.- Erik: Es lo que quiero, hablar normal para que se descubran. Si nos están acechando es mejor hacerles salir estando aquí arriba que no una vez en el suelo.

Segundos más tarde los Giganotosaurus estaban de nuevo bajo el árbol. Esta vez aún más nerviosos y moviéndose más rápido. Olisqueaban y miraban arriba pero no eran capaces de ver a su presa. Los 6 jugosos trozos de carne estaban a bastante altura, la espesura del follaje les permitió no ser vistos. El llevar ropa oscura sumado a que estos dinosaurios no tenían una vista muy aguda también les ayudó. Estaba claro que el oído y el olfato lo tenían fino fino.

El silencio volvió a reinar, sólo lo rompían los rugidos, el olisqueo y el ir y venir de los 3 supercazadores superdentados. Al igual que antes, de repente, volvieron a desaparecer. Se miraban unos a otros y la angustia que reflejaba sus caras era demoledora, nunca se habían visto en una situación tan complicada.

Erik, consciente de lo mal que lo estaban pasando, levantó las manos abiertas con las palmas hacia abajo y asintiendo con la cabeza, a modo de transmitir tranquilidad.

.- Erik: (voz baja) Voy a subir a lo más alto a ver si desde allí puedo divisar alguna vía de escape.

Trepando pudo llegar casi hasta la copa, era un árbol grande, de los más grandes de su zona, y con ramas fuertes. Desde allí arriba tenía una vista espectacular divisando varios kilómetros a la redonda. Pudo distinguir en la distancia el maldito cubo del que habían salido, tuvo la sensación de que habían andado varios kilómetros. El día estaba nublado lo que impedía orientarse al no ver el sol. Casi en la misma dirección que el gran cajón pero en sentido contrario se alzaba un monte bastante escarpado pero accesible, como mucho estaría a un kilómetro. Ahí estaba una vía de escape, los

Giganotosaurus no deberían poder subir por ese monte.

Al poco rato el cielo se oscureció y comenzó a llover, una lluvia torrencial descargó sobre la selva; aquello era una selva más que un bosque se convenció Erik. La espesura, el calor que hacía y esa forma de llover no era típica del bosque meridional.

.- Erik: (voz baja) ¿A dónde nos habrán traído estos hijos de puta?, esto es una jodida selva tropical…

El hombre descendió para hablar con los suyos

.- Erik (voz baja): Hay unos montes bastante escarpados a poco de aquí, si vamos a paso ligero o corriendo podemos llegar en 15 o 20 minutos. La lluvia borrara nuestro olor con lo que estos demonios no podrán seguirnos el rastro. El agua que cae puede ser nuestra aliada.

.- Sara (voz baja): Si, pero no podemos bajar aun, no sabemos si están o no.

Aunque no nos huelan, saben que estamos aquí y probablemente estén acechando esperando que bajemos.

.- Erik (voz baja): Tienes razón pero no podemos quedar aquí todo el tiempo. Voy a bajar un poco más a ver si los puedo ver.

Sara y sus hijos rápidamente le dijeron que no lo hiciera, sus caras de angustia volvieron a aparecer. Jarreaba agua a montón y ya estaban empapados.

.- Erik (voz baja): esta lluvia nos da una oportunidad

.- Sara (voz baja): ¿una oportunidad?, ¿para qué?

.- Erik (voz baja): el agua evitará que me huelan, además el ruido que hace al caer me permitirá moverme sin que me oigan. ¡Sara no podemos quedarnos aquí parados!, estos bichos seguro que pueden esperar días y días.

.- Kevin (voz baja): Papá tiene razón, estos dinosaurios pasan mucho tiempo sin comer.

.- Daniel (voz baja): Y seguro que de paciencia están más que sobrados…

.- Sara: ¡Mierda!, ¡mierda! y ¡mierda!. ¡Nooooo!. ¡Pues nos armaremos de paciencia!. En cuanto bajes te devoraran, ¿y luego qué?

La mujer rompió a llorar, sus lágrimas se confundían con la abundante lluvia. Su marido se acercó a ella, la abrazó e intentó consolarla.

.- Erik: Voy a ir con mucho cuidado, tienes que confiar en mí. Son bichos muy grandes pero entre esta vegetación no podrán cogerme. En un rato volveré a buscaros. Además, hemos hablado con voz normal y no han aparecido.

.- Sara: No te fíes…

Sara no quería que su marido se fuera pero comprendió que era eso o esperar quien sabe cuanto tiempo.

Con toda la cautela que pudo, el hombre puso pie a tierra para acto seguido desplazarse hacia las elevaciones que había visto. No era un atleta pero practicaba deporte con cierta frecuencia lo que le permitía estar ágil y con fondo para correr. Cada poco se paraba dejando alguna marca que le permitiera volver al mismo sitio sobre sus pasos. Rompía ramas, amontonaba alguna piedra, ponía palos en el suelo, etc… La lluvia no cesaba con lo que pudo pasar inadvertido, o eso pensaba, ya que no se topó con ningún peligro en su carrera hacia los montes. Notó como el suelo se volvía pendiente y más pendiente hasta que se encontró con unas rocas. Sintió un gran alivió pues la mole que tenía frente a sus narices le permitía trepar con facilidad pero a un saurio de 5 metros de altura le sería imposible. Llegó hasta una especie de terraza donde la roca tenía un hueco a cubierto bastante amplio. Le pareció el sitio ideal para traer a su familia y ponerse a techo hasta que el intenso aguacero cesara. Estaba empapado hasta la médula, si hubiera caído a un río no tendría más agua encima. Volvió sobre sus pasos y, antes de subir al árbol donde estaban los suyos, dio una batida por los alrededores. Los Giganotosuarios no estaban por allí, es como si la lluvia los hubiera espantado. Bueno, pensó Erik, a nadie le agrada empaparse de esta manera, por mucho calor que haga.

Una vez la familia estuvo reunida en el suelo pusieron rumbo a las rocas. A petición de Erik, formaron una fila cogiéndose de las manos. El hombre encabezaba la marcha seguido de Kevin, Daniel y Sara, en este orden. Si alguno se soltaba se paraban todos. No tardaron mucho en llegar a su refugio, esto les produjo un alivio enorme. Andar de excursión por una selva llena de dinosaurios (y a saber que mas peligros) les generó una tensión nunca vivida hasta ahora, entonces aquel agujero les pareció un apartamento de lujo.

Llovía, llovía y llovía. Y llovía más todavía.

.- Daniel: ¡Joder!, esto es el puto diluvio universal.

Sara iba a increpar a su primogénito cuando Erik intervino

.- Erik: Sacar todo lo que tengáis en las mochilas. Vamos a hacer un recuento de provisiones y material. A saber cuanto tiempo tenemos hasta que demos con alguien que nos pueda ayudar.

Una vez vaciado todo tenían lo siguiente: 3 smartphones, 2 consolas, 2 carteras, 1 monedero, 2 bolsas de patatas fritas, 6 yogures bebibles, 2 tabletas de chocolate, 6 bocadillos, 2 paquetes de galletas de chocolate, 2 paquetes de pañuelos de papel, 2 plátanos, 2 manzanas, 4 botellas de agua de medio litro, 2 juegos de llaves, 1 frasquito de colonia y todo lo que Erik había cogido del piloto. Todo no, el arma siguió tras su espalda, no quería generar más inquietud de la que ya había.

.- Erik: Apagaremos todos los aparatos y encenderemos uno de vez en cuando. Daniel sé que vas a sufrir con esta medida pero es lo que hay.

A todos se les iluminó la cara con una sonrisa, aliviándose un poco la inquietud que les apretaba.

.- Erik: Cuando pare de llover seguiremos subiendo a ver si llegamos a la cima, desde allí podremos avistar algo que nos guie hacia la civilización, o eso espero.

Les dieron de beber a los tigritos y un poco de bocadillo. Ellos comieron un poco de todo y descansaron a la espera de que escampara.

Pasado un buen rato, tuvieron la sensación de que fueron al menos 3 horas, por fin dejó de llover. Reanudaron la marcha cuesta arriba, no era una montaña como tal pero la subida obligaba, de vez en cuando a tener que ayudarse con las manos, no estaba muy escarpado pero lo suficiente para que los grandes dinos no pudieran pasar por allí. Llegaron a una especie de meseta con vistas también a un gran valle; allí el paisaje del mismo era menos frondoso, más parecido a la sabana aunque con muchos árboles. El monte en el que se encontraban era como una frontera entre la jungla y la sabana. Una manada de Argentinosaurios campaba a sus anchas lo cual volvió a dejar embobada a toda la familia. Los chicos se sentaron otra vez a contemplar tan hermosa postal cretácica

.- Kevin: No me cansaré nunca de contemplarlos, puedo pasarme horas aquí.

.- Daniel: ¡Mirad!, allí hay otro grupo pero son distintos, más pequeños y robustos

.- Kevin: ¡Son Stegosaurus!. ¡Vaya pasada!

Los Estegosaurios estaban mas lejos que sus titánicos vecinos pero se distinguían bien.

.- Sara: ¿Qué lugar será este?. ¿será una isla perdida donde hagan todo tipo de experimentos?, ¿por qué estamos aquí?. No tiene sentido nada de lo que nos está aconteciendo.

.- Erik: También me hago 50.000 preguntas como esas pero no soy capaz de obtener una respuesta convincente. He decido no preguntarme más y tratar de salir de este embrollo cuanto antes.

.- Sara: Tu siempre tan pragmático

El hombre le guiñó un ojo a su mujer y le dio un azote cariñoso. Se sentaron con sus hijos a disfrutar del dino-safari.

De repente, tres grandes bultos aparecieron en escena. Se dirigían hacia los saurios crestados. Los Argentinosaurios los vieron y empezaron a bramar, como si de una señal de alerta se tratara, mientras se alejaban del lugar. Su gran tamaño les hacía ser una presa difícil pero por si acaso abandonaban la zona. Los Estegosaurios no tardaron en sumar sus gritos a los que resonaban en el valle. En poco tiempo se juntaron formando un circulo de manera que sus colas llenas de pinchos formaban una línea defensiva que amedrentaría al más osado de los cazadores. Los Giganotosaurios, como si de un cuerpo militar de élite se tratara, se dividieron, yendo uno de frente y los otros dos por ambos flancos. La familia observaba en silencio y no salían de su asombro con lo que estaban viendo. Hasta los pequeños tigres no perdían detalle. Una vez los cazadores llegaron a la ocasional fortaleza de púas gigantescas se detuvieron y empezaron a caminar de lado a lado, buscando un punto débil. Entre los gruñidos de los carnívoros y los bramidos de las posibles presas el ruido era atronador, incluso a la distancia que estaban de ellos. Así estuvieron un buen rato hasta que los Giganotosuarios decidieron retirarse, sorprendentemente no lo hicieron del todo ya que se situaron a unos 200 metros aproximadamente de los Estegosaurios, sin juntarse, cada uno estaba en la misma posición en la que vinieron, uno en el medio y los otros a los lados, formando una V para tener lo mejor controlada a su posible comida. Pasado un buen rato, los integrantes del círculo se relajaron para ir retirándose en la única dirección donde, aparentemente, no había peligro. Los cazadores siguieron a sus potenciales presas sin perder la formación en V acercándose cada vez más. Uno de los herbívoros se paró a pastar quedando rezagado.

.- Daniel: ¡Grave error saco de pinchos!

El Giganotosauros del flanco izquierdo, el que estaba más cerca del confiado Estegosaurio, se abalanzó sobre el en un abrir y cerrar de ojos, agarrándole por el cuello en una mordida mortal. La víctima trató de zafarse, movía su cola de pinchos intentando clavarla en su atacante, pataleaba, movía su cuerpo en todas direcciones pero la gigantesca tenaza que le apretaba el cuello no se soltaba, además el cazador se movía de forma que neutralizaba todos los intentos de fuga y contraataque de su presa. Al poco rato los otros dos compañeros de caza se abalanzaron sobre el desdichado dino crestado para, entre los tres, dar con sus huesos en tierra. El agotamiento, junto con la sangre perdida por la herida del cuello, minó la resistencia del gran herbívoro y, una vez en el suelo, su vida se esfumó entre grandes dientes afilados. Una vez vencida la presa los tres Giganotosauros levantaron sus cabezas al cielo y comenzaron a rugir a modo de celebración. Rugían y rugían con tal potencia que resonaba por todo el valle, la familia espectadora sufrió un estremecimiento grupal que les heló la sangre.

.- Daniel: ¡Hijos de la gran puta!. Pobre bicho.

.- Erik: ¡Eh!, estás harto de ver en la tele a los leones cazar antílopes y cebras, esto es lo mismo pero llevado al mundo de los dinos. ¡Venga!, se acabó el espectáculo, tenemos que seguir.

Daniel había grabado toda la escena con su móvil.

.- Daniel: Cuando lo subamos a una red social la peña va a flipar.

.- Erik: ¿hay algo de cobertura?

.- Daniel: No, nada

.- Erik: Bien, apágalo y no lo enciendas salvo que te lo diga. Esto va para todos, no encendáis los aparatos, no sabemos cuanto tiempo vamos a estar sin contactar con gente, ¿ok?

Todos asintieron y siguieron al hombre que se disponía a salir de la meseta por una pendiente con la idea de llegar a la cima de aquel monte. Justo antes de empezar la subida Erik se dio la vuelta para ver como los tres carnívoros daban buena cuenta de su víctima. Sus tres acompañantes hicieron lo mismo; en silencio observaron el sangriento festín, sus caras reflejaban una mezcla de horror, rabia e impotencia.

.- Erik: No sé donde coño estamos pero si se que es un sitio hostil de cojones, así que por nuestro bien tengamos todos los sentidos alerta.

Reanudaron la marcha para, una vez en lo más alto, disfrutar de una vista espectacular. Por un momento les hizo olvidar los recientes malos momentos así como la angustia que estaban viviendo. El día seguía gris pero las nubes estaban altas con lo que pudieron divisar todo en unos cuantos kilómetros a la redonda. A un lado (izquierda) estaba la masa arbórea por la que habían venido con el enorme cubo del cual partieron a lo lejos. Al otro lado (derecha) se abría la sabana; arboles, pastos y los tres carnívoros saciando su hambre. Frente a ellos, a unos 2 o 3 kilómetros, se elevaba la otra montaña que cerraba el gran valle; mucho más alta pues las nubes no dejaban ver su cima. El monte sobre el que estaban era alargado y casi recto, como si de una pequeña cordillera se tratara, haciendo de frontera natural entre la selva y la sabana. Volvieron a probar si había cobertura pero no hubo suerte, ni una raya.

.- Sara: ¿por dónde cruzaron esos demonios para llegar al valle?. Por qué esos tres eran los mismos que nos visitaron al pie del árbol.

.- Erik: Tiene que haber algún desfiladero o incluso una cueva a modo de túnel que comunique ambos territorios.

Caminaron por la cima en dirección hacia donde se había producido el ataque quedándoles a la izquierda la zona mas arbolada y a la derecha la menos.

.- Daniel: Esos tres se están poniendo las botas, ¡qué manera de comer!. ¡Kevin!, ¿quieres ir a hacerte un selfi con ellos?, ibas a ser el mocoso más popular del mundo.

.- Kevin: Sí sí, jajajaja. Si mamá me da permiso….

.- Sara: Sin problema hijo, además iré contigo y así lo subo a mi perfil para dar envidia a todas mis amigas.

Entre bromas y tonterías fueron recorriendo la parte alta de la mini cordillera hasta que llegaron cerca del barranco que dividía la barrera natural sobre la que se encontraban.

.- Erik: Aquí tenemos la puerta que comunica ambos territorios.

El corte tenía medio kilómetro, mas o menos, de ancho. Por el medio circulaba un río el cual venía por el bosque bordeando el trozo de sierra gemela a la que pisaban. Al pasar al valle el agua volvía a bordear la roca y se perdía en la dirección en la que iban, por eso no lo habían visto hasta ahora, es decir, el río tenía forma de U en ese punto. El descenso y la posterior subida no parecían muy pendientes pero sabedores de los posibles peligros que por esos lares había se detuvieron para elegir bien el próximo paso a dar.

.- Erik: Ese río no parece muy profundo, creo que lo cruzaremos fácilmente para seguir cresteando, a priori es donde estamos más seguros.

.- Sara: Si, ¿pero hacia donde nos llevara seguir por la cima?

.- Erik: No lo sé cariño pero aquí arriba me parece que estamos a salvo, por lo menos, de esos tres asesinos. Además si seguimos el curso del río tendremos más opciones de encontrar gente, cualquier pueblo o asentamiento siempre busca tener cerca el agua.

Mientras atravesaban el río aprovecharon para refrescarse. Les cubría poco mas de los tobillos así que lo pasaban sin dificultad, era más bien un riachuelo.

.- Erik: no bebáis agua del río, voy a llenar la botella vacía con este agua pero nada de consumirla, la usaremos para lavarnos u otra cosa. Si necesitáramos consumirla usaremos las pastillas potabilizadoras.

.- Daniel: si, la mierda de dinosaurio puede ser muy tóxica

.- Kevin: JAJAJAJA, ¿tú no eres el que dice que tienes un estomago a prueba de bombas…?

.- Daniel: a prueba de bombas si pero de mierda no, JAJAJAJA

Toda la familia río la gracia y alguna chorrada mas salió a escena haciendo más llevadera la caminata.

Una vez cruzaron volvieron a subir con poca dificultad. Tras recorrer un largo trecho llegaron a una zona donde había varias cuevas. La niebla se había apoderado del paisaje y no se veía mas allá de 200 metros. Se metieron en una de las cuevas, la más grande, y allí improvisaron un campamento cerca de la entrada. Inspeccionaron la caverna, era enorme, parecía una catedral. Con la ayuda de la linterna de uno de los móviles, caminaron y caminaron sin encontrar el final. A la vuelta, cerca del improvisado campamento, vieron que había pequeñas cavidades a ambos lados, eran como habitáculos de dimensiones similares a las de habitaciones de hotel; algunos de ellos estaban comunicados entre sí. Tras inspeccionar varios, volvieron a salir fuera, la niebla era aún más espesa que antes.

.- Erik: Parece que está anocheciendo pero con esta niebla quien sabe…

Volvieron adentro y Erik hizo mover la acampada hacia uno de los habitáculos, el más cercano a la entrada principal, le pareció más seguro. Fueron a por leña con lo que en poco tiempo consiguieron hacer fuego, no hacía mucho frío pero una buena hoguera serena el ánimo y espanta a las bestias. Sara racionó la cena y tuvo que soportar las protestas airadas de sus hijos pero al final comprendieron la situación y se conformaron con llevarse algo a la boca, nunca en su vida habían experimentado el hambre en estado puro.

Soltaron a los cachorros de tigre, estos enseguida encontraron su propia cena, habían atrapado lo que parecían dos cucarachas y estaban dando buena cuenta de ellas.

.- Erik: ¿Echamos unos bichitos de esos con patas y antenas al fuego?. Es como el marisco pero de tierra.

.- Kevin: ¡Agggg!, ya no tengo hambre

.- Daniel: ¡Buufff!, estoy empachado

Se miraron unos a otros y después rieron con ganas. Acto seguido se quedaron en silencio mirando al fuego, como ensimismados.

.- Daniel: Papá, ¿por qué estamos aquí?.

.- Erik: No lo sé hijo, de verdad que no lo sé. Y además no le encuentro una explicación lógica. El megacubo, los dinosaurios, esta selva, el avión ….

.- Daniel: ¿avión?, ¿qué avión?

.- Kevin: ¿Dónde había un avión?

.- Erik: En ese hangar del infierno donde aparecimos. Es un caza de combate.

.- Daniel: ¿y el piloto?

.- Erik: Estaba muerto, apareció a unos metros del avión sentado en su asiento y con el paracaídas desplegado, debió eyectarse pero, por alguna razón, falleció. No soy a encajar las piezas de este macabro puzle, por más vueltas que le doy no encuentro una explicación de como hemos llegado hasta aquí y porqué.

.- Kevin: Yo tengo una teoría.

.- Sara: ¡Sorpréndenos Einstein!.

.- Kevin: Daniel se ha tirado un pedo tan grande y asqueroso que ha abierto un agujero de gusano interdimensional que nos ha hecho viajar en el tiempo hasta el Cretácico

Hubo un silencio durante el cual el resto de la familia puso los ojos como platos y se miraban unos a otros con cara de incredulidad. Luego miraron a Kevin el cual los observaba con sonrisa de pillo. La primera carcajada la soltó el padre, quien se echó al suelo partiéndose de risa. Acto seguido le siguieron las carcajadas de Daniel y Sara. ¡JAJAJA-JAJAJAJAJAJAJAJAJAJAJAJA!, rieron y rieron durante un buen rato, sobre todo Erik, que no podía parar. Kevin arrancó también a reír contagiado por ellos

.- Daniel: ¡Vaya parida más brutal que te acabas de marcar colega!. JAJA-JAJAJA

.- Sara: Te has superado hijo mío. Tengo que ir a mear porque me lo hago encima de tanto reír.

La mujer salió pitando hacia la íntima oscuridad.

Erik no articulaba palabra, lloraba de risa. Hacía tiempo que no se reían tanto.

Tras la épica risotada se acomodaron junto al fuego. Ahora sí que empezaba a anochecer.

.- Erik: no más teorías por hoy por favor, si no me vais a quebrar. JAJAJAJA. Ahora en serio, vamos a centrarnos en salir airosos de esta movida para luego especular todo lo que queráis dando rienda suelta a nuestra imaginación.

El resto asintió para luego echarse a descansar con el ánimo algo más alto que cuando iniciaron la marcha. Habían acumulado mucha leña cerca del fuego y cada poco lo avivaban. La familia al completo no tardó en caer redonda en un profundo sueño.

Por suerte para ellos Erik tenía el sueño bastante ligero, poco antes del amanecer fue levantándolos uno a uno, despacio, a la vez que les tapaba la boca para que no hiciesen ruido. El fuego seguía activo y Erik lo avivó echando más leña. Los condujo hacia la pequeña cueva que tenían detrás y les mandó agacharse, bien pegados a la pared contraria a los 3 huecos que el habitáculo tenía. El más cercano al fuego era el más grande y el que hacía de entrada. El del medio era como una ventana cuadrada un metro por encima del suelo y de 1,5 metros de lado aprox. El otro hueco era como la puerta trasera, de la misma forma que por donde entraron pero, más o menos, la mitad de alta y como tres veces más estrecha, una gran rendija mas bien por la que una persona adulta cabía "por los pelos". Una vez quietos oyeron las contundentes pisadas de los gigantes que se acercaban. El retumbar estaba cada vez más cerca y era cada vez mas sonoro. Al poco empezaron a escuchar las fuertes respiraciones y los gruñidos de los animales. Dos enormes cabezas armadas con grandes y afilados dientes se vislumbraban tras el fuego. Un tercer cazador entró en escena desde el fondo de la cueva, lo vieron llegar por los otros dos huecos.

Erik, no salía de su asombro y pensó para sí: ¡Hijos de puta, nos querían rodear!

Ahí estaban de nuevo los Giganotosaurios. No paraban de olisquear suelo y aire recorriendo toda la zona de la cueva cercana a la entrada en busca de sus presas. Al fuego no se acercaban, con lo que, de momento, estaban a salvo en la cavidad donde se escondieron. Las llamas hacían de barrera ya que estaban casi a la puerta del improvisado refugio, Erik lo dispuso así en previsión de que pasara lo que estaba pasando. Tras un rato no se oía ningún ruido, sólo el crepitar de la leña en el fuego. De repente dos pequeños bultos se colaron por la entrada más alejada del fuego, emitiendo algo parecido a un maullido ronco y se acercaron a Kevin.

.- Kevin: ¡Ey!, ¿de dónde venís vosotros?

El niño los cogió en brazos como si de dos gatitos se trataran y los cachorros encantados con las atenciones recibidas.

.- Erik: Si estos dos han salido de su escondite probablemente los dinosaurios se han ido de verdad. Voy a salir a inspeccionar, esperad aquí.

.- Sara: No no no, ve por lo menos cuando amanezca.

.- Erik: Ok, tienes razón.

Esperaron en completo silencio un buen rato, puede que una hora. Erik miró su móvil y seguía sin señal.

.- Erik: ¡Mierda de cobertura!. Bueno, parece que ya hay luz suficiente. Voy a ver. Enfocad con la linterna hacia el interior de la cueva por si acaso.

El hombre avanzó hacia la salida, despacio pero con determinación, mirando a todos los lados. Sara vigilaba atenta para que no le cogieran por sorpresa desde la retaguardia. Volvieron a retumbar las pisadas y en un "plis" uno de los monstruos atravesó la cueva desde el interior hacia la salida a toda velocidad.

.- Sara: ¡ERIIIIIK!, ¡CUIDA-DOOOOO!, ¡ERIIIIIK!

Los gritos de la mujer y sus hijos para alertar al hombre eran desgarradores.

Sara se disponía a salir pero su hijo mayor la sujetó justo delante de la entrada de la pequeña cavidad, fuera de la misma.

.- Daniel: Ni se te ocurra, no le vas a ayudar nada, al contrario. Espera a aquí Mamá, Papá sabrá como despistarlos.

Mientras tanto Kevin había cogido el Smartphone de su madre y volvió a escrudiñar la oscuridad del interior. Otro de los Giganotosaurios estaba allí al acecho, inmóvil.

.- Kevin: ¡METEOS DENTRO YA! ¡HAY OTRO!.

Madre e hijo reaccionaron para meterse rápidamente de nuevo a la pequeña cueva, como los suricatos cuando ven venir a un águila. El suelo volvió a retumbar, en pocos segundos dos cazadores acechaban a la puerta del pequeño habitáculo, el que había visto Kevin y otro que estaba detrás. El fuego no era ya muy intenso pero suficiente para que no se acercaran. Kevin había apagado la linterna y los tres estaban contra la pared, en silencio, juntos y acurrucados. Los dinos estaban inquietos e iban de un lado a otro. Se asomaban por los otros dos huecos de la pequeña caverna pero sólo podían escudriñar desde fuera, sus enormes cabezas no cabían por ahí. De repente comenzaron a rugir con una rabia tan intensa que el sonido era abrumador; era tan fuerte e insoportable que los tres refugiados tuvieron que taparse los oídos, además la reverberación de la cueva amplificaba aún más tan atronadores sonidos. Así estuvieron durante un buen rato hasta que por fin callaron para alivio de sus potenciales presas. Se situaron a unos metros quedando quietos con sus cabezas apuntando a la estancia donde se escondía la asustada familia. El silencio era helador, sólo roto por el respirar de los enormes saurios y el ruido que producían las llamas al quemar la madera. De repente una voz irrumpió en la cueva.

.- Erik: ¡EH!, ¡PUTOS LAGARTOS DESCEREBRADOS!, ¡VENIR A POR MI SI PODÉIS!

Los aludidos miraron al hombre y tardaron en reaccionar, quizás no estaban acostumbrados a que les desafiaran y/o vacilaran de esta manera. Sara se asomó para ver como su marido desaparecía corriendo desde la entrada principal a la enorme cueva perseguido por los dinosaurios.

.- Sara: ¿Pero este hombre ha perdido la chaveta o qué coño le pasa?

.- Daniel: ¡Joder, el viejo tiene los huevos de un búfalo!, ¡la hostia!

.- Kevin: Lo que ha hecho Papá es distraerlos para que le sigan, esperemos aquí, seguro que Papá nos salvará.

Sara y Daniel se miraron para luego ir donde el pequeño a tranquilizarlo. Se volvieron a sentar con la idea de esperar pacientemente. Sara al verse en aquel agujero oscuro, indefensa con sus dos hijos y pensando en su marido perseguido por 3 abominables bestias no pudo aguantar las lágrimas. Los chicos intentaron calmarla pero la mujer lloraba sin consuelo. De repente un fuerte silbido llamó su atención.

.- Erik: ¡SAAARAAAAA!, ¡CHAVALES!. ESTOY AQUÍ ARRIBA!.

Los tres se asomaron, sin salir a la sala principal de la cueva, y vieron al hombre en la parte de arriba de la entrada, estaba en un saliente a unos 15 metros del suelo aproximadamente. Desde donde estaban a la gran puerta de entrada habría unos 30 metros, con lo que a voces era fácil comunicarse.

.- Sara: ¡MALDITO LOCO!, ¡ESPERO QUE TENGAS UN BUEN PLAN!, ¡¿AHORA QUE HACEMOS NOSOTROS AQUÍ?!

Erik se encogió de hombros e hizo un gesto con las manos dando a entender que no tenía ningún plan, pero parece que si lo tenía.

.- Erik: METEOS DENTRO OTRA VEZ, VOY A INTENTAR UNA COSA Y LUEGO OS AVISO. HASTA AHORA.

Sara no estaba para nada de acuerdo y le dedico una serie de improperios que, por suerte, su marido no oyó pues había subido corriendo montaña arriba. Sus hijos tiraron de ella hasta que consiguieron meterla en su habitación del pánico improvisada.

Volvieron a escuchar voces, pero esta vez lejanas y no vieron a Erik por ningún lado. Era como si estuviera gritando para llamar la atención de alguien, o de algo…. En breve salieron de dudas y los tres afanosos cazadores volvían al ruedo.

Se pararon delante de la entrada principal mirando hacia arriba a la vez que entonaban su coro de rugidos.

.- Daniel: ¡Hay están esos pesados otra vez!

.- Kevin: Están muy cabreados, mira como rugen y con que rabia

.- Sara: ¿os extraña viniendo de vuestro padre?.

Una sonrisa apareció en sus rostros para convertirse en gesto de sorpresa cuando empezaron a caer las piedras. Erik les estaba tirando unos pedruscos considerablemente grandes (más de 25 cmtos de diámetro si fueran esféricas) y, por como reaccionaban los animales, les estaba haciendo daño. Volvió a situarse en la pequeña terraza con una considerable cantidad de pétreos proyectiles.

.- Erik: ¡LARGAOS MALDITOS LAGARTOS O JURO QUE OS ENTIERRO EN PIEDRAS!

Cada pedrada recibida subía un poco mas el nivel de cabreo de los dinos los cuales no hacían ademán de irse. Erik dejó de tirar proyectiles por un momento, se quedó mirándolos y, cuando uno de ellos abrió su enorme boca para rugirle, apuntó para acto seguido lanzarle una piedra mas grande aun que las anteriores.

¡CRACK!, ¡Diana!, el pedazo de roca impactó de lleno en uno de los grandes incisivos y, por como bramaba el animal, tenía pinta de habérselo roto. Erik pudo ver sangre en la boca con lo que, a su parecer, efectivamente le había partido un diente. Sara y sus hijos vieron toda la escena desde su palco privilegiado, no daban crédito a lo sucedido. La bestia estaba iracunda, se marchó de allí a toda velocidad moviendo la cabeza y el cuerpo de lado a lado, gestos que indicaban un dolor bastante desagradable. Sus dos compañeros de caza se quedaron quietos, estupefactos, mirando a su desafortunado colega, nunca una presa se había revuelto de esta manera contra ellos, eso los había descolocado por completo. Una cosa era que otro dinosaurio, en su defensa, te mordiera, golpeara o te clavara una espina pero otra muy distinta es que un insignificante ser de dos patas, enclenque y no muy rápido fuera tan escurridizo, encima capaz de partirte un diente con un guijarro de nada.

Una nueva lluvia de piedras espabiló a los dos Giganotosaurios que se habían quedado como bloqueados tras ver salir despavorido al otro componente del trío. Acto seguido fueron corriendo tras sus pasos. Erik, al ver la espantada, empezó a gritarles dedicándoles todo tipo de calificativos nada cariñosos mientras alzaba los brazos a modo de victoria.

Su mujer y sus hijos subían a un nivel mas el estado de asombro en el que se encontraban. Permanecieron inmóviles, con los ojos como platos viendo a tres titanes de la evolución animal salir con el rabo entre las piernas. La manera de como el hombre los había espantado era tan inverosímil como ingeniosa a la vez que audaz.

Al poco Erik pasó a toda velocidad por el gran arco de entrada a la gruta para acto seguido meterse en la cueva refugio con su familia. Abrazos, risas, besos, lloros, vítores, insultos, tacos y demás acciones típicas de la exaltación humana salieron a borbotones durante un buen rato de los 4 miembros. Una vez se desahogaron Erik los mandó sentarse para poder hablarles con tranquilidad.

.- Erik: Tenemos que salir de esta cueva y subir a la cresta de esta sierra, ahí nos encontraremos a salvo de esas bestias. Es mejor estar a la intemperie que en esta ratonera.

Antes de que su mujer le replicara alzó la mano y les explicó como proceder para que, según El, pudieran alcanzar la ladera sin que los atraparan. Sin demora se pusieron a ello.

Sara se situó en la parte de atrás del cubículo alumbrando con su Smartphone la retaguardia.

.- Sara: ¡Nada de momento por aquí!.

En ese instante Erik salió corriendo para acabar situándose justo en la entrada de la gran cueva, mirando hacia afuera.

.- Erik: ¡AHORA!, ¡RÁPIDO!

Los chicos salieron corriendo hacia su padre y, cuando llegaron a su altura, este corrió con ellos guiándoles por el pedregal arriba, hasta la plataforma desde donde les saludó la última vez.

.- Erik: ¡SARAAAA!, ¡YA ESTÁN LOS CHAVALES A SALVO!. !PREPÁRATE!

Erik volvió a situarse de nuevo en la entrada principal de la cueva, esta vez mirando hacia adentro. No estaba parado aun cuando el suelo volvió a retumbar.

.- Erik: ¡QUIETA AHÍ!, ¡NO SAL-GAS!

Miró hacia adelante pero no vio movimiento, además sus hijos estaban vigilando y no le avisaron con lo que rápido advirtió que el peligro venía desde dentro de la cueva.

Sara estaba ya situada en la entrada de la estancia refugio, la cara de angustia que puso su mujer heló el corazón del hombre pero no podían hacer nada; ella se volvió para adentro. Sin tiempo a reaccionar uno de los Giganotosaurios estaba de nuevo allí.

.- Erik: ¡HIJOS!, ¡¿VIENE AL-GUNO POR DETRÁS DE MI?!

.- Daniel: ¡NO, NO!, ¡POR AQUÍ NO HAY NINGUNO PAPÁ!

.- Kevin: ¡¿QUÉ PASA PAPÁ?!, ¡¿PORQUÉ NO VIENE MAMÁ!?

.- Erik: ¡QUIETOS AHÍ Y AVISARME SI VIENEN POR DETRÁS!

El hombre observaba como el cazador acechaba a su mujer y de repente, como si de un chispazo neuronal se tratara, una llama de furia se encendió dentro de su cabeza para luego recorrer todo su cuerpo. Ni miedo, ni angustia, sólo furia. La mala bestia tenía su cabeza justo delante de la puerta principal del refugio y no paraba de rugir enseñando sus enormes dientes. Erik echó a correr hacia allí, pasó detrás del saurio y, cuando este se quiso dar cuenta, se coló por "la puerta trasera". Una vez dentro la pareja se abrazó y se besó como pocas veces lo habían hecho. Sin mediar palabra Erik se giró hacia la gigantesca cabeza dentada que no paraba de rugir y escupir saliva. Sin decir nada se colocó donde el ventanuco para luego sacar medio cuerpo por el mientras increpaba al saurio.

.- Erik: ¡VAMOS, SACO DE MIERDA!, ¡VEN AQUÍ Y DEJA DE BERREAR!

El animal se giró para luego acercar su enorme testa. Como vio que su boca no cabía se asomó con su ojo izquierdo. Toda la ventana quedó tapada, sólo se veían un montón de escamas con un ojo amarillo verdoso en el centro que se movía intentando localizar a sus presas.

Erik sacó la pistola de su espalda, apuntó al ojo y… ¡click, click!.

.- Erik: ¡ME CAGON EN MI PUTA CABEZA!, ¡¿PORQUE COJONES NO DISPARAS?!... ¡AH, JODER!, ¡EL SEGURO!

Una vez desbloqueó el gatillo volvió apuntar pero la ventana ya estaba despejada, el furioso demonio volvía a acechar desde la entrada con toda su pompa de rugidos, saliva, golpes y mal aliento.

Eril volvió a asomarse, con un temple y una tranquilidad que el mismo no se podía creer.

.- Erik: ¡VEN BONITO, VEN!, ¡TOMA, VEN, TENGO UN REGA-LITO PARA TI!

Por segunda vez la ventana quedó tapada por escamas y un gran ojo. Erik apuntó y…

BANG!, BANG!

Dos balas perforaron el pequeño cerebro del enorme Giganotosaurio haciendo que este se desplomara como un saco de patatas, el ruido que hizo fue como si una gran piedra callera dentro de la cueva.

Tras unos segundos de tenso silencio…

.- Erik: ¡AHHHHHHHHHHHHHHHHHHHHH

HHHHHHHHHHHHHHHHHHHHHHHHHH!

El hombre emitió un grito tan desgarrador y abrumador que retumbó en toda la cueva. Era la celebración de un gran triunfo. Erik se sentía como el gladiador enclenque por el que nadie apostaba que acaba de matar al favorito del circo, como cuando David mató a Goliat o como cuando el pringao del instituto le parte la cara al matón del patio. Una vez se hubo desahogado se giró hacia su mujer y se fundieron en un abrazo seguido de infinidad de besos.

.- Daniel y Kevin: ¡PAPAAAÁ!, ¡MAMAAAÁ!, ¡¿ESTÁIS BIEN?!

Sus hijos les gritaban desde la plataforma que se asomaba en lo alto de la gran entrada a la enorme cueva. Los padres se asomaron y les saludaron.

.- Erik: ¡ESPERADNOS AHÍ!, ¡EN BREVE SUBIMOS!

.- Daniel: ¡¿ESTÁ MUERTO?!, ¡PAPÁ ERES UN CRACK!

.- Kevin: ¿cómo coño lo han hecho?

.- Daniel: Papá tiene un arma en la mano. ¡¿Y ESA PISTOLA?!

.- Erik: ¡ERA DEL PILOTO!, ¡LUEGO OS CUENTO!, ¡LO IMPORTANTE ES QUE ESTAMOS BIEN!, ¡EN BREVE SUBIMOS!.

.- Daniel: ¡ESTAREMOS UN POCO MAS ARRIBA!, TENEMOS MEJOR VISTA QUE DESDE AQUÍ Y ES MAS CÓMODO!. ¡SI VUELVEN OS AVISAMOS!

Sara era incapaz de articular palabra, miraba a su marido absorta. Erik trató de abrazarla para tranquilizarla pero esta se echó encima suya comiéndole a besos. Una cosa llevó a la otra y cuando se quisieron dar cuenta estaban follando como dos posesos. Casi recorren la pequeña estancia rodando el uno sobre el otro, les cundió para hacer unas cuantas posturas.

El polvo fue corto pero intenso cayendo los dos desplomados, uno junto al otro, con una sensación de felicidad como pocas veces habían experimentado. Se quedaron relajados, con la mente en blanco. No hay nada mejor que el sexo para liberar tensiones.

Dos pequeños bultos peludos amarillos y negros se acercaron a Sara ronroneando. La pareja salió del limbo en el que se hallaba para incorporarse como dos resortes.

.- Sara: No digáis nada de esto, ¿¡eh, pillines!?

.- Erik: De la caza del dinosaurio decir lo que queráis pero del "post-partido" ¡chitón!, ¿eh?

La pareja rió alegremente mientras se vestía para luego coger, uno cada uno, a los cachorros. Salieron fuera del habitáculo parándose junto al Giganotosaurio muerto. El relax duró poco volviendo la tensión a sus cuerpos, atenazándolos, a Sara sobre todo.

.- Sara: Erik, hay dos mas por ahí. Tenemos que irnos.

.- Erik: Tranquila, si vienen los oiremos o los críos nos avisaran.

El hombre observaba al desdichado animal en una mezcla de rabia y admiración. Tocó su dura piel, parecía mas una roca que un ser vivo. Era enorme, medía mas de 10 metros desde la cola hasta la boca, su cabeza era descomunal, casi tan grande como Sara.

.- Sara: Acabas de matar a un titán de la naturaleza.

.- Erik: ¿Y por qué no me siento bien?. Es un bicho extraordinario, un portento de la evolución, era un cazador que nos atacaba por instinto, nada más. Pero bueno, era él o nosotros…

Erik cogió su móvil, le sacó un montón de fotos a su vez que varios videos.

Hasta se hicieron unos selfis. Luego cogió el puñal de su mochila y, no sin esfuerzo, le arrancó los 4 dientes más grandes que vio en su boca. Eran enormes, medían unos 30 centímetros de largo.

.- Erik: coge uno Sara, nunca se sabe cuando lo vas a necesitar, puede servir como puñal o incluso como arma arrojadiza.

En ese momento los chicos volvieron a asomarse.

.- Daniel: ¡¿TODO BIEN?!, ¿PORQUÉ NO SUBÍS?

.- Erik: ¡YA VAMOS!, ¡ES VUESTRA MADRE QUE SE ESTÁ MAQUILLANDO!

Los chicos, tras la colleja que se llevó su padre, se rieron mientras se retiraban.

Una vez reunida la familia, tras una ronda interminable de besos, abrazos, lamentos, halagos y lágrimas, subieron hasta la cresta de la sierra. Los tigritos iban sueltos tras ellos pero cuando veían que no avanzaban los cogían en brazos. El día seguía nublado aunque había visibilidad a ambos lados. Al mirar hacia la selva el cubo quedaba bien lejos ya; habían recorrido unos cuantos kilómetros. La masa arbórea que tenían enfrente era tan hermosa como inquietante, no tenía fin, o por lo menos no se le atisbaba. Se giraron hacia la zona sabática fijando la vista sobre el desdichado Estegosaurio.

.- Daniel: Ya están los buitres dando buena cuenta del pobre bicho

.- Kevin: Creo que eso no son buitres

.- Erik: Toma, sal de dudas

…le dijo su padre mientras le daba los prismáticos.

.- Kevin: Eso son Pteranodones. Bastante más grandes y peligrosos que los buitres, estos son cazadores también.

Erik cogió los prismáticos, entonces su preocupación, que ya era grande, volvió a incrementarse. Algunos de aquellos dinosaurios alados eran de tamaño considerable (casi como una persona), agresivos y con mucha hambre, sobre todo hambrientos.

.- Erik: Si les zumbamos a los grandullones mantendremos a raya a cuatro pajarracos, no os preocupéis. Venga, pongámonos en marcha, hay que seguir el cauce del río por la sierra.

El hombre soltó esta bravata para calmar a su tropa pero por dentro sabía que sus problemas se podían multiplicar, con más razón si vienen desde el aire.

Al poco rato llegaron encima de la otra entrada a la cueva, no era tan grande como la que conocían pero cabían de sobra los Giganotosaurios. La cueva tendría de largo un kilómetro aproximadamente.

.- Erik: Debe de haber curvas dentro de la cueva, si no hubiéramos visto la luz desde donde estábamos

.- Sara: Si, esa sensación me dio cuando la pisamos por primera vez. A saber si esos demonios tendrán dentro su guarida.

No había rastro de los gigantescos carnívoros

.- Daniel: ¿Dónde se habrán metido esos hijos de puta?.

Sara le echo una mirada inquisidora a su hijo mayor…

.- Daniel: ….Perdón, perdón, esos hijos de mala madre

Anduvieron durante un día entero por la parte alta del monte e hicieron noche bajo unos árboles, poco pudieron dormir al no fiarse del hostil entorno en el que se encontraban. La hoguera que los acompañó durante la oscuridad daba algo de serenidad pero no la suficiente. A la mañana siguiente se les acabaron las provisiones, ya quedaban pocas pero por lo menos les dio para un desayuno "ligtth".

.- Erik: A partir de ahora tenemos que estar atentos a cualquier posibilidad de alimento que nos podamos llevar a la boca.

.- Daniel: No pienso comerme esos insectos asquerosos.

.- Kevin: Ni Yo, ni Yo.

.- Erik: Ya veremos cuando las tripas os empiecen a rugir…

.- Sara: No tiene gracia Erik, ¿qué vamos a comer a partir de ahora?.

.- Erik: Algo encontraremos, hacerme caso y fijaros mientras camináis en lo que nos rodea a ver que podemos "apañar".

Tras unas horas de pesada caminata, librando rocas y vegetación por la cima de la sierra, llegaron a un lugar donde había unos riscos bastante inaccesibles. En todo momento se mantenían en la parte más elevada de la sierra pero a veces la orografía no les dejaba estar en lo más alto, como era el caso. A partir de cierta altura había muchos nidos de Pte-ranodones. Los dinos alados que vieron no eran muy grandes, tenían el tamaño de un águila aproximadamente. Erik reunió a los suyos.

.- Erik: Venir aquí todos un momento. Tenemos una oportunidad para conseguir comida y así reponer fuerzas.

.- Daniel: Hoy cenaremos pajarito frito

.- Erik: No cantes victoria tan rápido, ¡anda!. Subiré hasta esos nidos a ver si puedo cazar uno de esos picos picudos y hacerme con los huevos.

.- Kevin: Los animales que ves son hembras lo más seguro, el macho es mucho más grande, ten cuidado, puede que no anden lejos.

Su padre asintió, dio un beso en la frente a su benjamín para después ponerse manos a la obra.

Vació su mochila para cargarla con varias piedras de cierto tamaño, similares a las que había usado hacía unas horas. Luego cogió el puñal para fabricarse una especie de porra de aproximadamente un metro a partir de una gran rama que encontró.

El que, no hacía mucho, era una supuesta presa se convirtió en cazador y se puso a trepar en busca de su objetivo. El primero de los nidos se encontraba a unos 6 o 7 metros del suelo. No le resulto difícil llegar ya que no eran paredes verticales, si con mucha pendiente pero no insalvable. Nada mas acercarse al primer "cesto de huevos" su inquilino (o inquilina) adoptó una postura amenazadora, emitiendo gritos parecidos a los graznidos del cuervo, aunque más fuertes. Todo el vecindario le siguió a coro, en un momento el griterío era ensordecedor. Erik no se amedrentó, avanzó y, en un movimiento muy rápido, golpeó al animal con el palo en la cabeza, noqueándolo. Después le dio otros dos más para rematarlo. Cogió al desdichado bicho por el cuello y lo lanzó donde estaba su familia. Se hizo con los tres huevos que había en el nido para, acto seguido, bajar con los suyos. Hasta que no estuvo casi en el suelo los demás saurios alados no se relajaron y no pararon de increpar al asaltante. Sólo se callaron cuando lo vieron suficientemente lejos. Actuó con mucha determinación y lo más rápido que pudo, una vez abajo se volvió hacia los nidos con semblante serio, no le gustó lo que acababa de hacer pero tenía muy claro que era muy necesario.

.- Sara: Bueno, ¿y ahora qué?. ¿lo metemos en el horno?. También podemos hacerlo con arroz. ¿me acerco a la tienda a buscar unas verduritas para acompañarlo?

.- Kevin y Daniel: JAJAJAJA,

.- Daniel: Siii, tráenos unos refrescos de paso.

.- Erik: ¡que simpáticos!. Usemos la cabecita, que para eso la tenemos, y pongámonos todos manos a la obra para poder cenar.

Erik apartó a los pequeños felinos pues estaban ya mordisqueando el cadáver.

Los chavales recogieron leña, mucha mucha leña, mientras Sara preparaba un gran círculo de piedras a modo de lar. A Erik le tocó destripar al animal y limpiarlo para luego cocinarlo. Entre arcadas y ascos cumplió su cometido. Usaron medio círculo para encender el fuego dejando la otra mitad para alojar las brasas una vez estas se fueran formando. Erik troceo al desdichado saurio en varios pedazos para después ensartarlos en sendos palos. Pusieron dos piedras enfrentadas, como si de una parrilla se tratara, pero con sólo dos paredes. Los palos apoyaban en ambas piedras con lo que la carne ensartada quedaba a una altura de más de una cuarta del lento fuego.

.- Sara: hasta en el culo del mundo y en medio de una movida que sabe Dios como saldremos de ella tienes que ponerte a preparar una parrilla. ¡JAJAJA-JAJA!

.- Hijos y Erik: ¡JAJAJAJAJA!

.- Erik: Meteré en la parrilla hasta el mismísimo Godzilla si se pone a tiro.

Todos rieron junto al fuego mientras la carne se hacía lentamente. Una vez que Sara y Erik consideraron que ya era comestible no dudaron en hincarle el diente.

.- Sara: su sabor es algo insípido, no sabría compararlo con cualquiera de las comidas cotidianas.

Los demás asintieron pero el hambre venció al sabor con lo que siguieron comiendo entre bromas y risas. Cuando terminaron de cenar ya era de noche, avivaron el fuego y se quedaron charlando animosamente como si de una acampada programada se tratara. Estaban acomodados cerca de un gran árbol y una enorme roca en forma de media luna. La hoguera la habían dispuesto de forma que los tres elementos (piedra, madera y fuego) formaban un circulo protector ante la posible llegada de algún visitante inesperado y poco amistoso. El pequeño de la familia pronto se quedó dormido seguido de su hermano al poco rato. Sara y Erik estuvieron despiertos hasta más tarde pero también se vieron vencidos por el sueño. El hombre despertó varias veces por la noche aprovechando cada vez para avivar el fuego. Con el amanecer el padre de familia se puso en pie, cuando se quiso dar cuenta, al otro lado de lo que quedaba del fuego, una enorme figura con un pico alargado, como si de una espada se tratara, lo miraba fijamente.

.- Kevin: Papá, eso es un macho de Pteranodon.

.- Daniel: Tiene mirada de marido cabreado.

Sara aun dormía, la mujer estaba agotada, no tenía el sueño tan ligero como el resto de su "manada". La mañana estaba brumosa, la vista no llegaba mas allá de los límites de la esplanada a pie de los riscos en la que se encontraban.

Erik cogió una piedra para plantársela en el pecho al desafiante saurio. El bicho, contrariado por el golpe, empezó a graznar moviendo su pico en tono amenazante. A los pocos segundos le llovieron unas cuantas pedradas mas, los chavales imitaban a su padre, con lo que numerosos proyectiles pétreos amedrentaron al bicho que puso rápidamente sus huesos en el aire.

.- Sara: Erik, por favor, tenemos que encontrar la manera de salir de aquí, más tarde o más temprano estos animales del inferno acabaran con nosotros.

La mujer, con el fragor de la refriega, se había despertado, estaba de pie con los dientes apretados mientras portaba una piedra en cada mano. También participó en el lanzamiento de objetos.

.- Erik: Pondré todo mi empeño, no descansaré hasta que estemos a salvo, pero tenemos que ser fuertes Sara.

Miró también a sus hijos.

.- Erik: Todos tenemos que mantenernos estoicos, la naturaleza no perdona a los débiles y menos en este sitio. Hay que estar muy alerta, quiero que tengáis a mano el colmillo que os di, así como varias piedras y un palo.

Tras un momento de desahogo bañado en lágrimas, mimos, besos y maldiciones se pusieron manos a la obra armándose siguiendo la orden de Erik.

Cuando el escuadrón mata-dinos ya estaba preparado para marchar de nuevo Erik les mandó parar.

.- Erik: no vamos a ningún sitio sin antes desayunar.

Avivó el fuego y puso varios trozos de carne que habían sobrado a calentar. Luego fue a buscar los huevos, los tenía guardados en su mochila junto al cráneo de la pobre Pteranodon cazada el día anterior. Los suyos le miraban atónitos al ver como rompía los huevos y los iba friendo, por decir de alguna manera, en las dos partes del pico. El chef había separado ambas para usarlas a modo de sartén, las tortillas resultantes no eran muy grandes pero las fue cocinando en varias veces logrando aprovechar todo el contenido. Puso las mini-tortillas junto con los trozos de carne calentados sobre una cama de hojas que había preparado al lado del fuego y ¡voilà!, ¡desayuno 5 estrellas!.

.- Erik: Del Huerto, Del Paladar Y De Fogones….

JAJAJAJA, rio su familia.

.- Sara: tengo un marido que no me lo merezco.

.- Daniel: vamos a nombrarle padre del año

.- Kevin: sí, sí, voto por ello

.- Erik: ¡vale vale!, no seáis pelotas y coméroslo todo ¡anda!

Regado con buen humor a la vez que charla distendida, dieron buena cuenta del desayuno gourmet, después apagaron el fuego para, acto seguido, reanudar la marcha por la cresta, siguiendo el río en la misma dirección que hasta ahora, quedando a su izquierda la zona boscosa y a la derecha la que parecía una sabana.

Tras varias horas se estaba haciendo pesada ya la marcha, máxime al no ver ningún rastro de civilización. Los jóvenes protestaban y los mayores poco podían hacer más que decirles que aguantaran. La monotonía, el cansancio, la tensión y demás inconvenientes minaba la moral del cuarteto que vagaba por aquel paraje.

Estaban caminando por una zona llana y bastante despejada de árboles, otra pequeña meseta en la misma cresta de la sierra, cuando de repente un enorme Pteranodon se abalanzó por la izquierda contra Erik. Este lo vio venir un segundo antes con lo que pudo agacharse para evitar que lo atrapara. Casi al mismo tiempo otro saurio alado de parecido tamaño apareció por la derecha del grupo, aunque desde muy atrás, casi por la espalda, cogiendo a Kevin por los hombros. Le clavó las garras pero no en la carne, lo tenía agarrado por la ropa. El niño vestía camiseta y sudadera y, al no pesar mucho, las prendas resistieron el peso del crio una vez que el Pteranodon lo levantó en el aire.

Sara, gritando como loca por su hijo con la cara desencajada, corrió detrás del bicho que llevaba a su pequeño pero nada pudo hacer. Daniel quedó paralizado y no cesaba de llorar por su hermano.

.- Erik: ¡KEVIIIINNNNN!. ¡CLÁVALE EL COLMILLO, CLÁVALE EL COLMILLO, CLÁVASELOOOOOO!

El chaval, que no paraba de llorar, gritar y forcejear, reaccionó al aviso de su padre, recordó que tenía el diente en su mano izquierda (por suerte no lo había soltado) con lo que al instante empezó a dirigir el improvisado puñal hacia el vientre del animal. Al tercer intento notó como se lo clavaba. El saurio graznó de dolor encogiendo su ala izquierda lo que le hizo perder altura hasta casi estrellarse contra la copa de uno de los árboles que sobrevolaba. El bicho reaccionó estabilizando el vuelo pero poco le duró pues el niño volvió a la carga de nuevo hundiendo el afilado incisivo muy cerca de la primera herida. El dinosaurio volvió a gruñir por el daño que eso le causó al tiempo que soltó al muchacho por entre el follaje. El malogrado animal se estrelló segundos después contra la parte alta de la espesura para acabar en el suelo agonizando.

Sara y Daniel, al ver al niño precipitarse, cayeron de rodillas al suelo desesperados de dolor. Erik no, no había tiempo para lamentos, memorizó por donde podía hallarse su hijo y se lanzó ladera abajo como alma que lleva el diablo. Su cerebro se puso a funcionar en modo pragmático, se dijo que las ramas habrían amortiguado la caída. Corría por la selva llamando a gritos a su hijo. Se paraba de vez en cuando, le llamaba varias veces y esperaba un rato a ver si le respondía.

La desesperación y la angustia empezaban a ahogar al valeroso padre, ¡ni rastro de Kevin!. Siguió en su empeño, gritando por su niño pequeño a cada paso que daba.

.- Erik: ¡KEVIIIIIN, KEEEVIIIIIIIIIIN!. ¡VAMOS HIJO, CONTESTAME!.

Por fin pudo escuchar la llamada de auxilio del crío. Los llantos, los gritos de dolor y las llamadas de socorro del muchacho permitieron que su padre ubicara rápido al lugar en el que había "aterrizado". Al llegar donde estaba el pequeño de la familia, al hombre se le quiso partir el alma. El niño yacía a los pies de un gran árbol con la cara ensangrentada, la ropa desgarrada y, lo peor de todo, la pierna izquierda rota. Tenía una gran herida abierta, con el hueso salido y abundante sangre. El pobre gritaba y gritaba de dolor, lo que era como un martillo en la cabeza de su padre. Erik rápidamente le hizo un torniquete con su cinturón para luego abrazarlo tratando de calmarlo.

.- Erik: ¡SOCORROOOOOOO!, ¡AYUDAAAAAA!. ¡JODEEEEEEERR!, ¡NO HAY NADIE EN ESTA PUTA SELVAAAA!

El hombre, con lo ojos llenos de lágrimas, apretaba los dientes de rabia e impotencia mientras abrazaba a su hijo para intentar calmarle. Pero no había manera, el chaval sufría de dolor y lloraba y lloraba. De repente a Erik se le heló la sangre, notaba como el suelo retumbaba, se imaginó lo peor. En cuestión de segundos "un viejo conocido" entró en escena. El crío, entré el dolor, la pérdida de sangre y el susto al ver de nuevo a uno de los Giganotosaurios, se desmayó. Erik posó suavemente a su hijo, se puso despacio en pie al tiempo que cogía la pistola para apuntar al gigantesco animal que se acercaba a ellos.

El cazador no debía de tenerlas todas consigo pues no se abalanzó de golpe, se mostraba cauteloso. Probablemente al ver el cadáver de su compañero de fatigas mas el recuerdo de que le partieran un diente le hacía ser prudente. Estaba a unos 5 metros de sus presas, abrió su enorme boca para lanzar un rugido atronador acompañado de asquerosa saliva aliñada con un aliento de ultratumba. Erik ni se movió, seguía encañonando al gran lagarto.

.- Erik: Esto es el fin hijo mío pero moriremos matando. ¡VAMOS HIJO PUTA!. ¡ACERCATE PARA QUE PUEDA LLENARTE LA BOCA DE PLOMO!

El Giganotosaurio se disponía a atacar cuando, sin previo aviso, por su costado izquierdo, una nube de rayos blancos le envolvió, noqueándolo te tal manera que dio con sus huesos en el suelo.

Erik se quedó perplejo y tardó un par de segundos en reaccionar. ¿Qué había ocurrido?,¿de dónde vino esa descarga eléctrica? se preguntaba. Parpadeo varias veces y pudo ver una figura humana que se acercaba al animal.

De repente otro feroz rugido que venía de su zurda le sacó del estado de shock en el que se encontraba; se giró para poner la pistola en la dirección por la que el otro gran dinosaurio se acercaba con muy malas intenciones. Este además no venía con cautela iba directo a terminar la faena que sus dos compañeros no pudieron culminar. Por suerte para Erik y su hijo, otro envolvente de rayos eléctricos frenó al rabioso animal. Estos venían también del costado izquierdo del gran bicho, aquí Erik pudo ver claramente como los rayos salían de otra figura humana. El hombre, sobrepasado por los acontecimientos soltó el arma mientras se quedaba de rodillas.

Miraba a un lado y a otro sin comprender nada de lo que estaba pasando. Dos gigantescos saurios abatidos en medio de una selva de sabe Dios donde por dos tipos que soltaban rayos. ¿Dónde estaba el sentido a todo esto?. De repente se acordó de su pequeño, se puso en pie como un resorte para ir a su lado.

Capítulo 4: ENCUENTRO

.- Erik: ¡Kevin!, ¡Kevin!. ¡Vamos hijo!, ¡despierta!

.- Kevin (con voz muy débil y sollozando): Papá papá, me duele muchísimo la pierna

Erik volvió a levantarse con la intención de dirigirse a sus salvadores.

.- Erik: ¿pueden ayudarnos por favor?, ayuden a mi hijo pequeño

Las dos personas misteriosas se acercaron a ellos con lo que por fin pudo verlos bien. Eran un hombre y una mujer, el bastante corpulento con rostro afable. Ella le pareció una mujer bastante guapa, atlética y también con aire amistoso. Vestían una especie de traje de camuflaje verde que parecía que cambiaba de color. En ambas manos tenían guantes recortados, con los dedos al aire.

.- Erik: ¿sois militares?, seguro que tenéis un botiquín a mano.

.- Mujer: ut dicis?

.- Erik: Mi hijo está muy mal herido, por favor ayúdenle

El hombre se acercó al crío para ver su estado más de cerca y cuando vio la pierna rota le habló a su compañera

.- Hombre: Hic puer crure fracto, osse prominente, multum sanguinis amisit. Medicinae utensilia ad sanandum eum eximito

La mujer se quitó una mochila que traía a su espalda para luego darle una especie de caja a su compañero. Luego le habló a Erik

.- Mujer: Recede paulisper, sodalis meus filium tuum sanaturus est. Tu autem ut placidus et tranquillus eris, te adiuvabimus.

.- Erik: No entiendo lo que me dices.

La mujer le indició por señas que se apartase y al ver que el hombre se agachaba para atender a Kevin Erik comprendió que era más un estorbo que una ayuda.

El crío seguía medio inconsciente cuando el hombre le empezó a romper el pantalón rodilla abajo. Con un utensilio parecido a una pistola de agua le limpió toda la zona de la herida. Luego cogió con ambas manos la pierna del niño, una debajo de la rodilla (por detrás) y con la otra por el gemelo, espero un par de segundos y, ¡CLACK!, le colocó el hueso. El alarido de dolor que emitió el niño atravesó el alma de Erik como si de un cuchillo ardiente se tratara. Acto seguido fue a verle, aunque seguía llorando y dolorido, ya le había cambiado el semblante.

.- Kevin: Me duele Papá pero ya no tanto.

Erik rompió a llorar abrazando a su hijo con todo su ser. Una vez se calmó miró al hombre

.- Erik: ¡Gracias!, ¡muchas gracias!

El curador asintió para luego mirar a su compañera con una sonrisa de orgullo y júbilo al mismo tiempo.

Erik también se volvió hacia ella para mostrarle su agradecimiento a lo cual la mujer también asintió.

Con el mismo utensilio con el que le limpió la herida, el hombre le echó sobre la misma una especie de espuma la cual rápidamente se secó, cubriéndola como si de una postilla se tratara. Le acabó de romper el pantalón dejando la pierna libre del muslo hacia abajo. Luego miró al padre haciéndole señas para que siguiera junto a su hijo. Después se levantó y fue junto a la mujer.

.- Erik: Disculpar, me llamo Erik. Erik, Yo Erik. Este es mi hijo pequeño Kevin. Vosotros, ¿cómo os llamáis?

Los aludidos se miraron un poco extrañados pero rápido reaccionaron al comprender que Erik se estaba presentando con su hijo. Ambos se volvieron hacia ellos.

.- Hombre: Marcus, nomen meum est Marcus.

.- Mujer: Ego sum Iulia. Iulia nomen mihi est.

.- Erik: Iulia y Marcus. Es un gran placer.

Al mismo tiempo que les decía esto se ponía la mano en el corazón a la vez que asintió de nuevo como agradecimiento.

.- Iulia: Erik y Kevin, felix est in occursum adventus tui

Iulia le pidió con gestos a Erik que esperara y se volvió a reunir con su compañero.

.- Marcus: Caesar, Marcus loqui ad vos

Erik pudo ver como Marcus hablaba con alguien pero no con la mujer, intuyó que hablaría por radio con otro compañero o compañera. Se fijó que tenía un pequeño dispositivo en la oreja.

De repente Erik se acordó de los otros dos miembros de la familia.

.- Erik: ¡Marcus, Iulia!. ¡Mi mujer y mi otro hijo!. ¡Sara y Daniel!, ¡necesito ir a buscarlos!

Marcus se volvió hacia Kevin señalándose el oído al mismo tiempo que pidiéndole calma.

.- Marcus: ¡¿Sara et Daniel?!. Cum collegae mei sunt. Occurremus brevi. Sara et Daniel sunt boni

Marcus cerró el puño con el pulgar hacia arriba en señal de que estaban bien. Erik entendió lo que el hombre le quiso transmitir para así relajarse.

Al poco tiempo se escuchó un zumbido bastante fuerte por encima de las copas de los árboles a la vez que la sombra de un gran artefacto cubrió la zona donde se encontraban. Un haz de luz azulada de forma cilíndrica salía del aparato volador hasta el suelo.

.- Iulia: Faciam ut ascendat filium tuum mecum. Tum ascendere vos

Acompañó sus palabras de gestos y Erik asintió. La mujer cogió en brazos a Kevin, se metió en el cilindro para posteriormente ascender suavemente por entre los árboles, como si fuera un gran tubo neumático de succión. La subida se hacía lo suficientemente despacio, y rápido a la vez, que parecían elevarse en un ascensor invisible. Tras ellos Erik se metió en el tubo ascensor con lo que al momento empezó a ganar altura, la sensación que tuvo fue igual que si flotara, toda una experiencia alucinante así como satisfactoria, sobre todo después de las penurias vívidas los días anteriores. Una vez arriba, y superado el agujero de entrada a.., lo que fuera aquel ingenio volante, Erik sintió un leve empujón por detrás que le obligó a poner el pie en el suelo. Después subió Marcus cerrándose la trampilla circular tras El. Estaban en lo que parecía la bodega de un avión de carga pero mucho más moderno; aunque a Erik le dio la sensación de que era mas una nave espacial. Al principio de la sala en la que se encontraban se veían dos asientos para los pilotos, uno vacío y el otro lo ocupaba el tal Caesar (quien se volvió para saludarle). Al frente de este se veía un impresionante panel de mando lleno de luces y pantallas. Sobre el mismo, una cristalera a modo de parabrisas mostraba el paisaje selvático sobre el que estaban. En la parte de atrás Erik no se fijó mucho pero parecía como si tuviera una gran compuerta, como los aviones de carga. Había asientos a ambos lados de la gran sala, en dos de ellos (zona derecha) ubicaron a los rescatados. Kevin iba sentado como si nada le hubiera pasado.

.- Erik: ¿Qué tal la pierna hijo?, te veo bastante bien.

.- Kevin: Me duele un poco pero mucho mejor. Me escuecen los hombros y los brazos.

.- Erik: Tranquilo, cuando lleguemos a donde sea que nos lleven les diré que te lo miren para curarte.

Iulia y Marcus se sentaron frente a ellos mirandoles con curiosidad.

.- Marcus: ¡Caesar!¡Muros in modum diaphanum ut frui possint fuga!

De repente las paredes se volvieron transparentes como si de grandes cristales casi imperceptibles se trataran. Iulia y Marcus sonrieron al ver las caras de alucine que pusieron padre e hijo. Sobrevolaban un paisaje boscoso exuberante, con un verdor que nunca habían visto en su vida. Pasaron por encima de un gran río, en sus orillas pudieron ver las manadas de los grandes saurios. Argentinosaurios, Estegosaurios y otros más pequeños se agrupaban al lado de las aguas.

.- Kevin: Papá, este sitio es un paraíso.

Erik se volvió hacia los compañeros de vuelo para hablarles acompañando sus palabras con señas

.- Erik: ¿Qué lugar es este?, ¿Dónde nos encontramos?

Marcus se levantó a la vez que le hacía señas para que esperara un momento. Cogió algo de un compartimento cerca de donde estaba el piloto. Eran dos pequeñas cajas de color negro, les entregó una a cada uno. Dentro contenían un auricular. Marcus les indicó que se los pusieran en las orejas. Los intrigados pasajeros procedieron como se les indicó y, cuando los hubieron colocado, sintieron como se fijaban al conducto del oído; los dispositivos habían modificado su tamaño y forma para adaptarse justamente a las dimensiones del hueco auditivo de sus portadores.

.- Erik: ¿has visto que cacharritos hijo?

.- Kevin: Jajajaja. Sí, son una pasada. Marcus se puso uno igual.

.- Marcus: ¿Potes intelligere me?. *¿Podéis entenderme ahora?*

Erik y Kevin asintieron con una sonrisa. La traducción sonaba un poco a metal pero el tono y la pronunciación eran casi iguales a la natural de Marcus.

.- Erik: ¿Y ahora, Tú me entiendes a mí?

Marcus asintió a la vez que la daba otro traductor a Iulia.

.- Erik: ¿Dónde estamos?, ¿Qué lugar es este?

Los preguntados se miraron extrañados fijando posteriormente la vista en su invitado

.- Iulia: An nescis ubi sis? quomodo huc venisti?. *¿De verdad no sabéis donde os encontráis?. ¿cómo habéis llegado aquí?*

.- Erik: Nos despertamos en esa enorme caja negra que está a unos kilómetros de donde nos encontrasteis. Debimos ser secuestrados en el zoo donde estábamos de visita para acabar en un cubo, como si nos hubieran petrificado temporalmente. De hecho hay miles de personas allí todavía. Por alguna razón que desconozco nuestra jaula se desactivó y nos despertamos en medio de ese horrible lugar.

.- Marcus: Venimus in urbem, ibi praefectus noster tibi omnia explicabit. Nunc reliquo itinere fruere et esto placidus. *Estamos llegando a la ciudad, allí nuestro oficial al mando os explicará todo. Ahora disfrutar de lo que queda de viaje, estar tranquilos.*

.- Erik: ¿oficial al mando?, ¿soy soldados entonces?

.- Iulia: Cives sumus et milites simul. **Somos ciudadanos y soldados al mismo tiempo**

.- Kevin: ¿Los Giganotosaurios que nos querían atacar están muertos?

Los aludidos miraron al crío extrañados.

.- Kevin: Espero que no, son animales grandiosos, lo que hacen lo hacen por instinto.

.- Iulia: Ne cures, attoniti sunt modo, nunc evigilare debent. Gaudeo scire quod puer es cum natura pius. **Tranquilo, sólo están aturdidos, ya deben de estar despertando. Me alegra saber que eres un chico respetuoso con la naturaleza.**

Ambos anfitriones se miraron con una sonrisa cómplice asintiendo. Luego el soldado miró al chaval y le guiñó un ojo.

.- Marcus: Caesar, cape nos Herculem salutatum!. *¡César, llévanos a saludar a Hércules!*

Sobrevolaron un par de enormes lagos y una gran cascada. Había dinosaurios por todos los lados. Padre e hijo hicieron el resto del viaje en silencio absortos en el paisaje que había bajo sus pies; después de todo lo que habían pasado sus cuerpos agradecieron un buen rato de relax. Entraron en un gran valle salpicado de enormes árboles, enormes de verdad, por el que circulaba un ancho río. Las copas estaban altísimas, a Erik le pareció que las copas estaban a mas de 150 metros de altura. En una amplia zona libre de arbolado una gran manada de Argentinosuarios campaba a sus anchas. Había un ejemplar enorme que destacaba sobre los demás.

.- Kevin: Mira papá, ese debe ser Hércules

Descendieron suavemente hasta ponerse a su lado. Marcus y Iulia se levantaron invitando a Kevin y a Erik a hacer lo mismo. Una puerta se abrió a la derecha de donde se sentaba el crío para luego desplegarse una ancha rampa con barandilla a modo de terraza. Los 4 salieron para observar de cerca al titánico animal.

.- Erik: ¡menudo bicho!, ¡es como un edificio de grande!

.- Marcus: Magnus amicus noster caput praegrande super 50 pedes altum habet cum longis fere 120 pedibus. ***Nuestro grandioso amigo tiene su enorme cabeza a mas de 50 pies de altura con casi 120 pies de largo.***

El animal se acercó a ellos poniendo su testa al alcance de sus manos, de forma que los soldados pudieron acariciarle cariñosamente. La mujer incluso acerco su cara para besarle. Estaba claro que no era la primera vez que visitaban al saurio. Padre e hijo estaban petrificados, alucinando con el momento que estaban viviendo. Iulia les hizo señas para que se acercaran de forma que lo acariciaran también. Kevin se acercó despacio pero con paso firme. Hércules miró con curiosidad al chico a la vez que emitió un leve gemido. Cuando Kevin puso la mano sobre el hocico del gran saurio un escalofrío de satisfacción recorrió todo su cuerpo mientras una sonrisa de oreja a oreja se dibujó en su cara; se volvió hacia su padre con un brillo en los ojos capaz de iluminar una ciudad entera.

.- Kevin: ¡Papá, estoy acariciando un dinosaurio!. No me lo puedo creer.

.- Erik: Ya te veo, ya…

Hércules parecía estar disfrutando con su nuevo admirador, el muchacho aún más. Los adultos allí presentes observaban cautivados la bonita escena, sobre todo el orgulloso padre. Este se acercó a su hijo para acompañarle en su acción de acariciar al coloso.

.- Erik: ¡Que hermoso animal!. Es como una montaña viviente

Iulia y Marcus sonreían ante sus asombrados acompañantes.

De repente Kevin posó su cara sobre el animal para luego abrazarlo a lo cual el dinosaurio respondió entornando su cabeza con los ojos cerrados para que el abrazo fuera aún más intenso.

.- Iulia: Hercules numquam hoc cuiquam simile portavit. Filius tuus Erik specialis est. *Hércules nunca había reaccionado así con nadie que acaba de conocer. Erik, tu hijo es especial.*

.- Erik: Los dos son especiales, pero a este desde muy pequeño le gustaron mucho los dinosaurios, siente pasión por ellos.

Niño y dinosaurio no querían separarse pero, tras un buen rato de caricias y cariños, llegó el momento de la despedida.

Antes de separarse de su nuevo amigo Erik sacó un montón de fotos y algún video, este momento había que inmortalizarlo sí o sí.

.- Kevin: Volveré pronto a verte, te lo prometo.

Acabó la frase mirando a su padre y a los otros dos adultos esperando que validaran su promesa. Los tres asintieron para tranquilidad del crío. ¡Cualquiera se lo negaba!.

El gran Argentinosaurio emitió un leve gemido de queja y desaprobación por la despedida. Mientras se alejaban, Kevin, a través de la traslucida pared, no apartó la vista de su nuevo bestial amigo mientras este, desde el suelo, siguió mirando hasta que la máquina voladora se hizo invisible entre las nubes.

Llevaban un rato ya de vuelo y Erik no pudo resistirse a preguntar algo que llevaba rato intrigándole.

.- Erik: ¡Marcus!, disculpa, ¿puedo hacerte una pregunta?

El soldado asintió de buena gana.

.- Erik: ¿Por qué este avión, o lo que sea, no hace nada de ruido?.

Erik se levantó de su asiento situándose en medio del compartimento con los brazos abiertos

.- Erik: ¿Por qué no se nota ninguna vibración?. Tengo la sensación de estar en una vivienda o local en tierra, no parece, salvo por lo que ven mis ojos, que estemos volando.

Iulia y Marcus se miraron (otra vez) para luego girarse hacia su curioso invitado con una leve sonrisa.

.- Iulia: Technologia valde provectus est, mox dubia relinques. *Es una tecnología muy avanzada, en breve saldrás de dudas*

Erik asintió devolviéndoles la sonrisa con el pulgar hacia arriba. Luego volvió a sentarse con la intención de disfrutar del paseo aéreo.

Cuando por fin llegaron a la civilización sus corazones experimentaron una gran alegría, ya estaban un poco hasta los… de tanta vegetación, bichos asesinos e intemperie. La ciudad que empezaban a sobrevolar no era para nada a lo que estaban acostumbrados a ver. Combinaba muy bien naturaleza con modernidad, lo verde con lo acristalado, lo vegetal con el metal. Un esplendor de naturaleza y modernidad como nunca habían visto. En el centro había varios edificios, no muy altos; con hasta 12 plantas algunos. Estaban recubiertos de vegetación, había hasta árboles en las partes altas, se veían plantas y verdor por las fachadas de los mismos, mas que edificios parecían pequeños montes en los que el metal convivía con el cristal a la vez que les envolvía el verdor de la vegetación exuberante. Rodeando al conjunto de edificios (como si este fuera una isla) un lago, del cual salían numerosos canales que se perdían en la lejanía, añadía mas magnificencia a la urbe. Junto a las líneas de agua, dispersas por una gran extensión, se veían infinidad de casas y edificios pequeños.

.- Erik: ¡¿Pero qué sitio es este?!, nunca he visto nada igual.

.- Kevin: Papá, es una pasada, ¡qué bonito!.

Se pararon sobre el edificio más grande. Marcus se colocó sobre la trampilla circular por la que antes habían subido, esta desapareció rápidamente quedando suspendido en el aire durante menos de un segundo para luego bajar por el tubo aéreo suavemente hasta el suelo. Iulia les indicó por señas que se acercaran. Kevin pudo levantarse y caminó cojeando ligeramente.

.- Kevin: Me duele muy poco, me molesta pero, ¡mira¡, puedo caminar casi con normalidad.

.- Erik: Muy bien, muy bien, cuando llegues al suelo echaremos una carrerita para probarnos.

Hijo y padre rieron mientras se acercaban al hueco circular. La trampilla se había cerrado de nuevo

.- Iulia: Sta in circulo. Sublalo leniter descendes sine periculo. *Colocaros sobre el círculo. Una vez se retire descenderéis suavemente, sin peligro.*

Primero ellos y luego Iulia se fueron posando sobre lo que les pareció un parque. Los recién llegados miraban en todas direcciones absortos por la belleza del lugar. Mas que un ático aquello parecía un jardín botánico. Los soldados les indicaron por donde ir y, a medida que caminaban, no paraban de mirar a todos los lados mientras señalaban con el dedo, parándose cada poco para contemplar los numerosos detalles que les llamaban poderosamente la atención de aquel sitio; es mas, se desviaron un poco para asomarse a una especie de gran balcón desde el cual había unas espectaculares vistas a tan peculiar lugar. Los edificios del centro neurálgico, la maraña de pequeñas edificaciones que se perdían en el horizonte mezclándose con los cursos de agua y el apabullante verdor de la naturaleza hacían que padre e hijo no dejaran de "babear". Otra cosa que les llamó mucho la atención fue la ausencia de asfalto, todo era verde prado. Infinidad de vehículos se desplazaban por lo que parecían calles en las cuales no se veía un centímetro de hormigón ni nada parecido, las vías por donde se movían eran de hierba.

.- Erik: ¿Has visto hijo?, no hay aceras ni carreteras. Los coches que circulan parece que no tocan el suelo.

.- Kevin: Si, es como si fuera una ciudad-jardín. Mas que "bugas" parece que son deslizadores.

Los "turistas accidentales" no tenían ninguna prisa en seguir avanzando, estaban cautivados por el paisaje que se les presentaba ante sus ojos.

.- Iulia: Eamus pueri!. Tempus erit ambulare et hospitio frui. *¡Vamos muchachos!. Ya tendréis tiempo de pasear y disfrutar de nuestra hospitalidad*

Entraron en el edificio para acto seguido bajar 3 pisos en un ascensor acristalado. La construcción era muy moderna, con gente yendo de acá para allá. Aquí no había rastro de la vegetación del exterior pero se veían murales y grandes fotos por todas las paredes que le daban mucha vistosidad. La temática eran el espacio, la naturaleza y lo que parecían compañeros o conciudadanos de Iulia y Marcus. Los nuevos visitantes no paraban de echar la vista aquí y allá sorprendidos por la majestuosidad de lo que les rodeaba. Otras paredes eran pantallas donde la temática era la misma, el universo, grandes bosques, cascadas de agua, gentes de distintas razas, todo con una nitidez y una belleza apabullante. En gran parte de los tramos del suelo se veían peces de todos los colores rodeados de vegetación acuática, era como caminar sobre las aguas; también en las paredes, como si de acuarios incrustados se trataran, además estaban comunicados entre sí y con los del suelo, así que los bichos de agua tenían mucho espacio por donde moverse. Varias veces se pararon a ver las criaturas que se desplazaban bajo sus pies así como por sus lados. Iulia y Marcus no dejaban de reír, a la vez que tiraban de ellos para que avanzaran, ante las continuas explosiones de júbilo de sus acompañantes cada vez que una novedad les asaltaba.

Llegaron a una sala donde nada más entrar una mujer y un chico llenos de lágrimas y alegría se les abalanzaron comiéndoles a besos a la que les estrujaban con fuertes abrazos. Sara y Daniel estaban ansiosos esperándoles con lo que liberaron toda la tensión acumulada al reencontrarse de nuevo toda la familia. Estos gestos de amor fueron correspondidos por los recién llegados también entre lloros y risas. Una vez los cuatro se desahogaron vino el momento de las explicaciones.

.- Sara: No sé como os ha ido pero a nosotros nos fue muy mal.

Entre sollozos la mujer relató lo ocurrido. Mientras su marido había salido pitando al rescate del benjamín de la familia, madre y primogénito se las vieron con los Pteranodones. Uno de ellos se posó a sus espaldas tratando de ensartar a la mujer nada más aterrizar. El chico había visto a tiempo las malas intenciones del bicho y pudo empujar a su madre a tiempo. Con un palo en un mano y el colmillo de Giganotosaurio en la otra plantó cara al saurio volador para defender a su progenitora. La mujer empezó a lanzarle piedras las cuales impactaban de lleno en el animal, lo tenía muy cerca. Una de ellas golpeó la cabeza del Pteranodon dejándolo casi noqueado. Mientras se tambaleaba el muchacho le dio un mandoble en la ya dolorida testa haciéndole caer al suelo. Sara se disponía a rematarle cuando otro saurio alado la agarró por los hombros, arrastrándola unos cuantos metros por el suelo. El forcejeo de la mujer sumado a que el animal no era lo suficientemente grande como para cargar con ella impidió que este alzara el vuelo y acabó por soltarla.

La aguerrida fémina se puso en pie rápidamente para regresar corriendo con

Daniel. Este estaba apaleando al desdichado bicho con una rabia nunca vista en el chico, su madre, sorprendida y a la vez alineada con su hijo, le mandó parar. Juntos se fueron a refugiar bajo un árbol pegado a unas grandes rocas. En un santiamén, cuando aún no habían recuperado el aliento, otros cinco saurios alados se posaron frente a ellos. Sara y Daniel se miraron, sus ojos echaban fuego. Volvieron a encarar a sus atacantes apretando los dientes y las porras que portaban. Poco a poco los "picos picudos" se aproximaban amenazadoramente pero, cuando estaban a dos metros escasos suyos, un gran objeto se acercó desde el cielo que hizo que salieran volando (nunca mejor dicho) de allí.

.- Sara: Así fue como apareció esta gente para rescatarnos. Creo que los que nos asistieron se llamaban Flavius y Lucius, muy majos por cierto.

Les indiqué que os ayudaran a vosotros, fue entonces cuando me dijeron que unos compañeros lo harían, veo que cumplieron. No sé porqué, pero esta gente me inspira confianza, creo que tienen buenas intenciones. Luego nos trajeron aquí en uno de esos aviones.

Dos pequeñas figuras peludas se movían en una esquina.

.- Kevin: ¡Ey!, ¡vosotros también estáis aquí!.

El chico, con leve cojera, se acercó a los tigres, se sentó en el suelo con ellos abrazándolos. Los mininos lo reconocieron correspondiéndole dejándose mimar.

.- Sara: ¿por qué cojea Kevin?. ¿se hizo mucho daño en la caída?

.- Erik: Mejor omito los detalles. Parecía que se había roto una pierna pero, ya ves, sólo cojea algo.

Mientras los chicos se entretenían con sus nuevas mascotas los esposos se sentaron en un, muy cómodo por cierto, sofá que había para ponerse al día. Sara poco más tenía que contar, era el turno de Erik. La mujer no salía de su asombro, quedando consternada mientras su marido le relataba lo ocurrido.

.- Erik: Cariño, no te disgustes, ya pasó. Ahora estamos juntos y a salvo. Esperemos que nos lleven pronto a casa para que todo lo acontecido se convierta en historias a contar con los amigos mientras tomamos unas cañas.

.- Sara: No se Erik, es todo tan extraño y tan incoherente. Dinosaurios, tigres, el avión, el puto contenedor, o lo que sea donde aparecimos, este sitio, esta gente, su tecnología…¿Y si esto es un lugar secreto y no nos dejan salir?.

.- Erik: No creo mujer; si nos quisieran hacer daño o fuéramos una amenaza ya nos hubieran encerrado o…

.- Sara: ¿O qué?

.- Erik: O liquidado

.- Kevin: ¡Mamá, tengo hambre!

.- Erik: Pues ahora que lo dices, Yo tengo un hambre como la de un oso que acaba de salir de su hibernación.

Sara les condujo a una especie de cocina/comedor que había al lado para que pudieran saciarse. Al final acabaron comiendo los cuatro, "comer y rascar todo es empezar". La comida venía en unos envases de cartón coincidiendo todos los comensales en que estaba muy rica. Había de todo, frutas, verduras, carne, pescado. Eran raciones pequeñas pero muchas y muy variadas. Algunos de los platos no sabían muy bien lo que eran pero se los comieron igualmente, más que una familia merendando parecían una manada de lobos devorando.

.- Sara: Si queréis descansar un poco también hay un par de habitaciones donde echarse.

En cuanto Erik entró en una de ellas fue directo a la cama, no quiso saber mas nada del mundo que le rodeaba. Su mujer se acostó a su lado y los chicos hicieron lo propio en el otro cuarto. Estaban reventados.

Capítulo 5: Explicaciones

Erik fue el primero en despertar. Se levantó y, durante unos segundos estuvo desorientado, no sabía donde se encontraba, tuvo la misma sensación que cuando se despertó de la siesta el día que regresaron de la luna de miel, ¡pedazo de jet lag!. Una vez su cerebro puso en orden sus pensamientos se dijo que era el momento de aclarar el porqué estaban ahí y de que alguien les diera una explicación; pero primero había que mear, le reventaba la vejiga. Entró en el baño al lado de la habitación, una vez se hubo desahogado no le gustó lo que vio en uno de los espejos, ¡estaba hecho un asco!. Allí había lo que parecía una ducha, era un pequeño recinto acristalado con chorros en todos los lados. Tras manipular una pantalla bastante intuitiva de manejar consiguió que el agua fluyera a su gusto, salía por todas las paredes, incluso del suelo, fue una experiencia inolvidablemente agradable. Les habían dejado ropa en el salón, unos monos color verde claro con cremallera junto con unas camisetas blancas. Se extrañó al no ver ropa interior pero aun así se vistió con lo de su talla. Una vez enfundadas las prendas se dio cuenta que no le hacían falta los calzoncillos, se sintió muy a gusto. De hecho, le pareció la ropa más cómoda que se había puesto en mucho tiempo. Se fue a despertar al resto de la familia para que siguieran sus pasos y se compusieran. A todos les pareció genial la ducha, ya no tanto la ropa, sobre todo a Sara y a Daniel; presumidos hasta en la adversidad pensó Erik mientras se acercaba a una puerta que había en el comedor. Al lado había un pequeño panel, al pulsarlo las paredes a izquierda y derecha se volvieron traslucidas, como si de dos ventanas se trataran, mostrando unas vistas espectaculares del complejo en el que se hallaban. El padre consiguió abrir la puerta para así acceder a una gran terraza. Hacía un sol radiante bajo un cielo azul, la familia no dejaba de alucinar con lo que sus ojos registraban. Los modernos edificios mimetizados con la naturaleza, los canales de agua, la cantidad de artefactos voladores que se veían de un lado a otro. Esta vez pudieron ver numerosos pájaros de distintos colores ir de acá para allá a la vez que con sus cantos alegraban el alma. Incluso alguna ardilla correteaba por las ramas pegadas a las construcciones.

.- Sara: ¡Este sitio es espectacular!

.- Erik: Podíamos decirles que nos regalen uno de estos apartamentos para así trasladarnos aquí.

.- Kevin: Sí sí, me encantaría.

.- Daniel: ¡Calla pringao!, ¡¿pero qué dices?!

Los padres rieron al ver a sus hijos discutir. Uno quería quedarse y el otro irse, en fin, cada edad tiene sus prioridades, no era preocupante pues se trataba de una de tantas disputas entre hermanos.

Daba la sensación que era por la mañana, la temperatura era cálida y agradable. Tras un buen rato deleitándose con las vistas se fueron a desayunar. Cuando estaban terminando el alimento matutino Iulia y Marcus entraron al apartamento. Venían a buscarlos para llevarlos con quien estaba al mando en aquel sitio.

.- Kevin: ¿y los tigres?

.- Iulia: Mane tranquillitas, collegam eorum curabit donec redeas. *Quédate tranquilo, un compañero se hará cargo de ellos hasta que volváis.*

Erik le tradujo la respuesta, el crio no llevaba puesto el traductor, a lo que asintió con una sonrisa. Ambos chavales se fueron a despedir de sus felinos amigos.

De nuevo el artefacto volador que trajo a Erik y Kevin estaba posado en la azotea. Las dos mujeres con los niños se metieron primero. Erik iba a entrar pero vio algo a su derecha que le hizo pararse y dirigirse hasta el borde de la enorme terraza. Marcus le siguió quedándose a unos pasos detrás del estupefacto hombre. Se quedó quieto como una estatua con los ojos muy abiertos mirando al cielo. Giraba la cabeza a un lado y a otro, boquiabierto, sin habla, su cara desencajada de enorme sorpresa lo decía todo.

.- Erik: ¡Marcus!, dime que lo que estoy viendo no es una alucinación.

.- Marcus: Non est. Non te oculi, non animus te fallit. Duos soles vides. **No, no lo es. Ni tus ojos ni tu mente te engañan. Estás viendo dos soles.**

Así era, en el cielo azul de aquel sitio dos soles iluminaban la mañana, algo totalmente normal para sus habitantes pero totalmente fuera de lugar y sorpresivo para un terrícola. El sol que estaba a su derecha y más alto tenía mucho más brillo e intensidad que el otro.

.- Erik: Si esto es un reality show os lo habéis currado de cojones amigo.

.- Marcus: Reality show?. Quid est?. **¿Reality show?. ¿Qué es eso?**

El hombre se volvió hacia el soldado, vio que su cara no mentía. Ambos militares, incluso el piloto, tenían una mirada limpia, no se apreciaba falsedad ni hipocresía, eso tranquilizó a Erik desde el primer momento en el que se cruzaron sus caminos.

.- Erik: Ahí hay dos soles Marcus, ¿Qué coño significa eso entonces?. ¿estamos en otro planeta?, ¿en otra dimensión?.

.- Marcus: Ubi nos appellamus "DINO" planetam et est una coloniarum nostrarum. Non liquet quomodo vel quare huc advenisti, sed, ut dixi tibi, tribunus noster quid acciderit exponere conabitur. Tu mihi mitescere et mihi crede; confide nobis, certe adiuva nos te. *Donde nos encontramos lo llamamos "planeta DINO", es una de nuestras colonias. No se ni como ni porque habéis llegado aquí pero, como te dije, nuestro oficial al mando tratará de explicaros lo acontecido. Tienes que tranquilizarte y confiar en mí; confiar en nosotros, seguro que os ayudaremos.*

Marcus puso la mano en el hombro a la vez que señalaba con su mano hacia la entrada del artefacto volador.

.- Erik: ¿esto es una nave espacial, verdad?

La pregunta la formuló mientras admiraba el "aparato" al que estaba a punto de entrar. Marcus asintió mientras sonreía a la vez que le daba un par de palmadas en la espalda.

.- Marcus: Haec machina potest per spatium externum navigare, in planeta *volitare et etiam demergere.* ***Esta máquina es capaz de surcar el espacio exterior, volar en un planeta e incluso sumergirse bajo el agua.***

Sara miró a su marido al entrar, al ver su cara "torcida" no dudo en preguntarle que le ocurría.

.- Erik. No pasa nada cariño, debe ser la comida que no me ha sentado muy bien. Además todo este estrés que llevamos encima me está pasando factura.

Una vez acomodados todos emprendieron el vuelo. En pocos segundos dejaron atrás la civilización para surcar el cielo a gran velocidad, esta vez no hubo viaje turístico, en un abrir y cerrar de ojos llegaron a su destino. La nave entró en un enorme hangar excavado en la montaña donde había un montón de vehículos similares como el que les llevaba así como otros muchos de distintos tipos.

.- **Iulia:** Nos in fodinis montium JU-PITER, officinam foris ad aes extrahi-mus. Generalis Cayo noster superior est et qui coloniae praeest. Ipse te in area re-sidentialibus iuxta officinam observabit. *Estamos en las minas de las montañas de JUPITER, la factoría que hay fuera es para procesar el mineral que extrae-mos. El general Cayo es nuestro oficial superior el cual está al frente de la co-lonia. Os atenderá en la zona residen-cial al lado de la fábrica.*

Erik explicó a los demás lo que Iulia les acababa de decir ya que sólo El lle-vaba traductor. Había un montón de gente de acá para allá llevando todo tipo de artefactos, mercancías, etc… Vamos, el trajín de cualquier zona industrial del universo.

Una vez fuera pudieron admirar las enormes dimensiones del sitio.

.- Daniel: ¡Flipaaaa!, ¡mira Kevin, vaya pasada de aparatos!.

.- Sara: Esto es como un gran aeropuerto pero excavado en la roca.

De la parte trasera de la nave Marcus salió montado en un vehículo que hizo las delicias de los chavales.

.- Daniel: Pero si no tiene ruedas…

.- Kevin: ¡Es un deslizador!, ¡Vaya chulo!

A los militares no dejaba de hacerles gracia las explosiones efusivas de la familia cada vez que se sorprendían, y ya iban unas cuantas; sobre todo al ver las caras de los niños. El vehículo, que levitaba sobre el suelo, era una mezcla de un moderno descapotable y un gran todoterreno pero sin las mencionadas ruedas.

Iulia y Caesar se despidieron deseándoles buena suerte. El fuerte y sincero abrazo que cada miembro de la familia les dio era una muestra de agradecimiento que los soldados recibieron con gran emoción y agrado. Se emplazaron para verse pronto; unos se subieron de nuevo a la nave y los otros al deslizador.

Marcus junto con sus acompañantes salieron al exterior por un túnel habilitado para ello cruzándose con numerosos deslizadores de distintos tipos, tamaños y formas. Mientras cruzaban la factoría, Erik, que iba de copiloto, no paraba de mirar a un lado y a otro, aquello era tan novedoso que no quería perderse detalle.

.- Erik: Está todo impoluto, increíblemente limpio.

.- Marcus: Ita conamur quam minimum ictum habere in quolibet planetarum imus. *Si, tratamos de generar el menor impacto posible en cualquiera de los planetas a los que vamos.*

Erik, miró a su familia a ver como reaccionaban ante lo que Marcus acaba de decir pero rápidamente se dio cuenta que no llevaban traductores, con lo que les sonrió a la vez que se sintió aliviado.

Por donde iban no daba el sol, o los soles, con lo que de momento seguían creyendo estar en La Tierra. ¿Cómo se lo tomaran cuando se enteren?, se preguntaba.

Atravesaron la factoría pues la zona residencial se encontraba al otro lado de la misma. Estaba todo lleno de casas y pequeños edificios en perfecta armonía con la naturaleza, en la misma línea que la ciudad de la que habían partido. El deslizador se detuvo al lado del edificio más grande, acto seguido todos entraron para ver al jefe del lugar.

El general Caius vestía un uniforme como el de Marcus siendo el del oficial de alto rango azul marino. Era un hombre mayor, fornido y también con mirada noble. La familia, en ningún momento se sintió amenazada, al contrario, por alguna razón que Erik y Sara desconocían, se sentían muy seguros con ellos. Los recibió en una enorme sala donde las paredes también eran pantallas que proyectaban fotos, sobre todo de naturaleza, dando un toque muy acogedor a la estancia. A modo de cualquier salón había una gran mesa, tres sillones y un sofá, en este último se acomodó la familia. Minimalismo puro, no había más muebles. Marcus le entregó un traductor a cada uno.

.- Caius: ***Hola, soy el general Cayo, sed bienvenidos***

Todos los miembros de la familia respondieron dando las gracias. El general les preguntó por el trato recibido, la estancia, la comida, etc… entablando una conversación banal, tranquila y amistosa; hasta que llegó el momento de la verdad.

.- Sara: Les estamos, les estaremos eternamente agradecidos, pero necesitamos saber donde nos encontramos, porqué y como hemos venido a parar aquí.

Siento ser tan directa pero hemos pasado un infierno hasta que nos rescataron, además es tan inverosímil lo vivido estos días que a veces pienso que estoy en una pesadilla.

.- Caius: *Lo entiendo señora. Trataré de ser lo más breve y conciso posible. Le advierto de que donde están, como han venido y porqué va a ser difícil de creer y asimilar en un primer momento, no obstante, cuando reflexionen sobre lo acontecido, lo que les voy a decir les permitirá asumir más fácil la situación en la que se encuentran. Lo complicado será decidir que hacer de aquí en adelante pero tampoco se alarmen, su situación ahora mismo no es mala, para lo que podía haber sido, y nosotros les ayudaremos.*

Erik cogió la mano de su mujer mientras la miraba fijamente, transmitiéndole que juntos afrontarían lo que sea. Sara tuvo la sensación de que su marido algo ya sabía. La familia fijó su mirada expectante en aquel curtido militar.

.- Caius: ***Nos encontramos en el planeta DINO, una de nuestras colonias. Es un planeta situado en un sistema con dos soles a algo más de 73 años luz de la tierra.***

Sara se volvió hacia su marido con ojos iracundos.

.- Erik: ¡Eh, eh!. Me enteré de eso justo antes de subir a la nave, al venir hacia aquí, fue cuando vi los dos soles en el cielo y Marcus me adelantó lo que este señor acaba de concretar.

.- Daniel: ¡Este tío está flipao de la vida!. ¡Pero qué coño está diciendo!.

El crío se había levantado del sofá moviendo los brazos en un acto despectivo.

.- Erik: ¡DANIEL!, ¡SIENTATE!. Haz el favor de no faltar al respeto al general. ¡DISCULPATE AHORA MISMO!

El joven se dirigió a su padre con los mismos ojos de enfado que su madre le había clavado al hombre hacía un momento. Estaba con los puños cerrados desafiando a su progenitor pero no pudo aguantar la mirada enojada de este, ya la había experimentado otras veces cuando se había portado mal, era más sensato aplacarse. Daniel miró al general con el gesto torcido para luego sentarse; no se disculpó, el orgullo no se lo permitió.

.- Erik: ¡DANIEL!

Erik se iba a levantar pero Cayo le detuvo

.- Caius: *¡Está bien, no pasa nada!. Es normal la reacción del chico. ¡tranquilo Erik!. Tranquilizaros todos.*

.- Kevin: ¡Mamá!, ¿Qué está pasando?

El crío abrazó a su madre entre lágrimas. Sara sólo pudo corresponderle al abrazo dándole todo el cariño que llevaba dentro. Alargó la mano para atraer a su primogénito con la intención de achucharle también. Erik se unió a ellos y durante unos instantes la familia permaneció en una piña, lo cual les sirvió como inyección moral. Ese cuatri-abrazo les dio fuerzas para seguir escuchando el relato con algo más de entereza.

.- Caius: *La fuerza de la familia es lo más poderoso que hay en el universo, no dejéis de estar unidos, así nada ni nadie os podrá vencer.*

Bien, por donde íbamos…, Ah, sí, estabais de excursión en el planeta DINO.

Tal como el hombre lo dijo y la expresión de su cara acompañada de un gesto manual simpático arrancó una gran sonrisa en la familia que ayudó a aliviar la tensión.

.- Caius: *Ya hemos respondido a la primera pregunta: donde nos encontramos. Ahora vamos con la segunda.*

.- Sara: Espere un momento por favor.

Se hizo el silencio en la sala mientras la mujer cerraba los ojos y realizaba varias respiraciones.

.- Sara: Resulta que el cajón del infierno ese es una nave espacial que de alguna manera nos arrancó de La Tierra. ¡Por Dios!. Me va a estallar la cabeza. No puede ser verdad.

.- Caius: *Ya avisé que sería difícil de digerir pero tenéis que ser conocedores de lo ocurrido para poder afrontarlo.*

Erik volvió a coger la mano de su esposa a la vez que asentía. Ella le devolvió el asentimiento para acto seguido volver su mirada hacia sus hijos. Estos levantaron sus pulgares hacia arriba. El shock inicial estaba superado.

El militar, al ver que sus oyentes se habían serenado, prosiguió su relato.

.- Caius: *La nave donde llegasteis es un tipo de carguero que nuestro ejército lleva usando desde hace mucho tiempo, los llamamos ALMACENES DE MERCURIO, MR* (MR* Mercurius repono,* traducido significa almacén de Mercurio). *Son transportes autónomos que no necesitan piloto con los que llevamos materiales y mercancías diversas de un sitio a otro entre nuestras colonias, digamos que es un carguero interplanetario. Varias de estos se han perdido bien por avería, accidente o incluso robo, este en concreto desapareció en el planeta Hidra, no muy lejos de aquí, durante un conflicto bélico.*

.- Daniel: ¿sus naves pueden viajar a velocidad de curvatura?

.- Caius: *No sé que es velocidad de curvatura, pero me imagino que te refieres a velocidades superiores a la de la luz, sé que en la tierra es una refe-*

rencia para vosotros, nosotros la llama-
mos VELOCIDAD INFINITA, IC*
(IC* Infinita celeritate, traducido signi-
fica velocidad infinita). *Para que te ha-*
gas una idea un año luz para nosotros
es cuestión de minutos con lo que nos
desplazamos por la galaxia con gran
rapidez. Hay muchos factores a tener
en cuenta para poder viajar a estas ve-
locidades lo que nos obliga a realizar
muchas pruebas para trazar rutas se-
guras, pero si, nuestra tecnología nos
permite movernos muy muy rápido por
el espacio exterior.

Los dos chavales se miraron con los ojos muy abiertos a la vez que dibujaban una amplia sonrisa en sus rostros. Estaban viviendo una aventura que hasta ahora sólo experimentaban en comics, libros, la tele y el cine.

.- Sara: ¿Y por qué nos han traído aquí?.

.- Caius: *Esa es la tercera pregunta, para la cual, de momento, tenemos la respuesta menos precisa. Antes me gustaría relataros como os capturaron, os hará más llevadera la situación que vivís actualmente.*

.- Sara: Si, cuantas menos incógnitas haya mejor

.- Erik: ¿Y vosotros, de donde sois?. Hablas de colonias y mencionas La Tierra como algo ajeno, ¿que sois de otro planeta?

.- Sara: ¿Y porque habláis esa lengua?, ¿es latín o algo parecido?

.- Erik: ¡Latín!, ¡claro!. Me sonaba a latín, sí, pero pensé mas en una lengua centro europea. El latín es un idioma muy antiguo, no me cuadraba. Pero claro, aquí no me cuadra nada con lo que todo es posible.

.- Caius: *Si, son demasiadas cosas fuera de lugar para vosotros, trataré de daros luz a todas vuestras inquietudes.*

Nuestros orígenes están en La Tierra pero desde hace unos 2.000 años terrestres nos establecimos en otro sistema. Prefiero primero aclararos lo que os ha acontecido y después os contaré lo que queráis sobre nuestra historia y nuestra civilización.

Todos asintieron mientras miraban expectantes al general.

.- Caius: *Hace unos días varias naves como la que os trajo hasta aquí atravesaron la atmosfera terrestre con el objetivo de capturar un número considerable de seres humanos. Lo hicieron en distintos puntos del planeta, de una forma coordinada y a la misma hora. No sabemos con exactitud a cuantos han cogido, pero probablemente casi medio millón de personas. Se llevaron también algunos animales.*

.- Sara: ¿tenéis espías entre nosotros?

.- Caius: *Mas que espías, observadores. No queremos interferir pero si estar al corriente de lo que pasa. Y, no me importa reconocerlo, copiamos aquello que vemos que nos puede ser de utilidad. Tenemos intervenidos todos vuestros satélites, internet y todas las líneas de comunicaciones que hay. Cada cierto tiempo nuestros equipos visitan La Tierra para recopilar información de todo tipo, creemos que nadie nos ha descubierto por el momento pero nunca se sabe.*

.- Sara: Ahora ya sabemos quienes son los responsables de los avistamientos de OVNIS y demás teorías conspiratorias de extraterrestres.

Caius levantó los brazos encogiéndose de hombros con una sonrisa burlona en la cara. Después todos rieron lo cual generó aún más empatía entre los "reencontrados" humanos.

El general se levantó para situarse al lado del sofá mirando a la pared que tenían enfrente. En la manga izquierda apareció una pantalla que ocupaba casi todo el antebrazo, tras pulsarla varias veces tres de las paredes se oscurecieron y la que tenían en frente se iluminó como si de una gran televisión se tratara. En ella apareció un objeto metálico, con muchas luces y en forma de esfera.

.- Caius: *Este dispositivo que estáis viendo es un <u>localizador de evidencias QL</u>** (*QL: abreviatura de *quod Locator,* localizador de evidencias en latín). *Registra infinidad de imagines, sonidos, olores, texturas y muestras del lugar donde se realiza la investigación. Lo que los QL recogen combinándolo con toda la información que*

tenemos del lugar, de los intervinientes implicados y de cualquier cosa relevante que haya podido influir en el devenir de los acontecimientos culmina en una simulación que, supuestamente, nos muestra los hechos acaecidos; y digo supuestamente porque no se ve como si fuera un registro de imágenes en vivo, ni se muestran detalles que percibimos cuando miramos con nuestros propios ojos pero si acierta en gran medida con lo sucedido. Llevamos mucho tiempo usando y perfeccionando esta tecnología.

En la gran pantalla, como si de un documental se tratara, empezó un relato que por fin iba a dar concreción a las dos preguntas de las que la familia tanto ansiaba respuesta: ¿cómo y porqué?.

La proyección iba acompañada de una voz en off permitiendo a los espectadores la perfecta comprensión de lo que se veía en la filmación. Empezó mostrando el zoo donde fueron a pasar la tarde del sábado apareciendo ellos en escena.

.- Daniel: ¡No me jod… jorobes!, ¡pero si somos nosotros!

.- Erik: Caius, ¿puedes pausar la película?

El general pulsó su antebrazo para que en la pantalla quedaran congelados la pareja con sus hijos.

Erik se levantó a ver la escena más de cerca. Sus caras y cuerpos estaban muy bien caracterizados aunque se notaba que eran figuras no reales, muy bien hechas y con mucho detalle, pero se podían distinguir de las de verdad. Eran como los superhéroes o villanos digitalizados de las películas o series de ciencia ficción.

.- Erik: Pues sí que es una simulación muy bien hecha. ¡impresionante!

.- Sara: Bueno, te han puesto demasiado guapo, sin barriga, Tú eres más feo y cabezón, no es para tanto.

Todos rieron la broma de la mujer, incluso el aludido

Erik volvió a su sitio con lo que la sesión de cine continuó. De repente se vio como 8 objetos incoloros, como si fueran transparentes, y de pequeño tamaño, sobrevolaban a la familia. En la proyección se explicaba que dichos artefactos no se podían ver bien pues tenían un sistema de camuflaje muy efectivo, en la vida real era muy difícil detectarlos ya que además no hacen casi ruido al volar. Se mostró una imagen sin camuflaje del dispositivo donde pudieron observar que era un prisma que cambiaba de color y que contaba con un orificio en cada cara del mismo.

.- Daniel: Y esos chismes, ¿qué son?. ¿Cómo pueden volar si parecen tacos de madera?

.- Caius: *Más tecnología nuestra que desgraciadamente también hemos perdido o nos han robado en alguna ocasión. Tienen micro-propulsores repartidos por su estructura permitién-doles volar con mucha autonomía y precisión. Los llamamos CAPTORES siendo muy eficaces en su cometido*.

.- Sara: ¿Y por qué alguien iba a que-rer atraparnos a nosotros y a esos cientos de miles de personas más?. ¿Qué sentido tiene todo esto?

.- Caius: *Esclavos, comida, comer-cio, recursos, ciencia, exploración y una larga lista de razones empujan a distintas civilizaciones a cometer todo tipo de actos justificados sin tener en cuenta, o sin importarles, el daño que pueden causar a quien los sufre. Estas son las posibles respuestas a la tercera pregunta*

.- Sara: ¿Y vosotros?. ¿Sois de los que cogéis lo que os da la gana sin pre-guntar y sin tener en cuenta las conse-cuencias?

.- Erik: ¡Sara!, ¡joder!, ¡¿qué pregunta es esa?!. Un poco de respeto hacia esta gente

.- Caius: *¡Está bien, está bien!. No pasa nada, aquí somos igual de directos. Ella no hace mal en preguntarlo.*

Lo primero para nosotros son nuestros propios intereses y anteponemos el bien de nuestro pueblo ante cualquier otra cosa. No somos crueles ni insensibles y sopesamos mucho cada intervención que hacemos a la hora de entrar en combate, al explotar recursos, al colonizar y al realizar cualquier acción que afecte a otros. Creo que es algo de lo que estáis acostumbrados a ver en la tierra.

.- Sara: Pues sí, nos suena de algo. Gracias por su comprensión.

La película de su peripecia siguió y en ella pudieron ver como los captores se posicionaban en los vértices de un cubo imaginario dentro del cual la familia quedaba ubicada. Acto seguido todos los dispositivos rociaron de gas a los cuatro humanos que, en cuestión de segundos, quedaron atrapados en una especie de contenedor transparente. El gas se había transformado en una sustancia sólida que, a la vez que dormía a sus presas, los mantenía totalmente inmóviles. La temperatura del bloque estaba muy por debajo de cero quedando las víctimas criogenizadas. Luego levantaron el sólido bloque para irse volando. La pantalla mostraba como miles de bloques se elevaban en el aire portando 4, 6, 9 y hasta 12 personas.

Erik apretaba los dientes de rabia, Sara lloraba en silencio, Kevin permanecía con cara de gran disgusto sin parpadear y Daniel, también desencajado, tenía las manos sobre la cabeza con los puños cerrados. La familia quedó horrorizada viéndose a sí mismos y a sus congéneres como si de mercancía se tratara.

La horrible película continuó entrando en escena infinidad de aviones de combate y helicópteros lanzando misiles junto con todo tipo de metralla contra las gigantescas MR. De nada servía lo que les disparaban, el blindaje repelía todos los intentos de ataque. Los bloques entraban a las naves por la parte inferior, estos se posicionaban debajo de ellas, incluso a bastante distancia, y eran conducidos al interior, como si de un tubo de aspiración se tratara. Nada más acceder dentro se posaban en unos prismas rectangulares que hacían las veces de palés, en ese momento los captores soltaban la pieza quedando perfectamente ensamblada a la base. En el macabro documental se explicaba que la base era el soporte vital de los cautivos, luego se mostraba como, de forma autónoma, se desplazaban al borde de la pared a la cual quedaban conectados y bien sujetos. Era como un puzle tridimensional donde las piezas encajaban a la perfección formando un gran mosaico de cubos. Los palés se conectaban unos a otros para poder hacer más de una pila, hasta cuatro filas se mostraban en pantalla. De la pared obtenían la energía necesaria para mantener las presas en suspensión vital.

.- Erik: ¡Coño!, nuestro amigo el piloto hace acto de presencia. Ya sabemos como llegó el caza al… como se llamaba…, MT, o MC o, MR, eso, al MR del diablo.

En imagen apareció el caza de combate, se dirigía desde abajo al carguero espacial disparando cuando de repente dejó de hacerlo a la vez que sus motores se pararon. El piloto intentaba por todos los medios seguir mandando todo tipo de proyectiles pero el aparato no le obedecía. El avión quedó atrapado en el invisible tubo succionador, como el resto de objetos inertes, para acabar dentro de la gran bodega. La frustración de su cara era demoledora. Los sensores internos detectaron que era un objeto no autorizado con lo que el caza fue lanzado a la parte central. El impacto aturdió al piloto que permaneció un rato inconsciente. Poco rato después se vio al maléfico paquete transparente que contenía a Sara y compañía entrar en la nave siendo ubicado en una cuarta fila a 6 cubos encima del suelo. La imagen siguiente mostraba como el morro del avión de combate apuntaba directamente a la columna en la que estaban. En pantalla lo vieron claramente pues la película lo mostró a cámara lenta y la voz que relataba los hechos lo explicó con detenimiento. Lo que vino después no fue difícil de entender. El piloto se despertó aturdido y asustado, tenía las manos en el mando para posteriormente, puede que por puro reflejo, apretar el botón de disparo. El caza, aun estando parado, sin tren de aterrizaje y con el ala derecha rota, se había vuelto a encender con lo que nada mas tocar el pulsador cientos de proyectiles impactaron contra el primer bloque de la columna donde la familia protagonista estaba ubicada. Acto seguido lanzo los 2 misiles que le quedaban en el ala izquierda impactando estos en la parte baja de la fila de al lado. A las dos explosiones les siguió un latigazo eléctrico verdoso que sacudió casi toda la pared. Un montón de bloques cayeron al suelo, entre ellos el de los cuatro protagonistas de la película. Todo esto sucedía a la vez que la nave abandonaba la atmosfera terrestre. El aire de dentro desapareció en cuestión de segundos y el piloto, que había abierto la cabina del aparato, tuvo que ponerse la máscara de oxígeno. El hombre estaba desencajado y totalmente desubicado, no sabía como reaccionar. Intentó comunicarse por radio múltiples veces pero nadie respondía. Se le empezaba a agotar el aire con lo que su cabeza no regía bien. De repente, en un acto de desesperación carente de sentido, tiro de la palanca de eyección y salió despedido. No tardó mucho tiempo en morir de asfixia.

El carguero, ya en el espacio, aceleró hasta coger IC y, como se explicaba en la proyección, tomo rumbo hacia Dino al tener una avería. Las naves autónomas como esta, en caso de cualquier incidente, se dirigen a la colonia más cercana que tengan registrada. Los balazos y misilazos que el caza de combate había soltado dentro de sus entrañas le había provocado importantes desperfectos. Una vez entró en el planeta se observó como volaba con cierta dificultad para después aterrizar también con no menos problemas, de ahí la hendidura en el fuselaje por la cual la familia pudo salir y el rastro de vegetación aplastada.

Tras el accidentado aterrizaje, en la base que sostenía el cubo donde estaban prisioneros, se empezaron a encender un montón de luces y la sustancia sólida que los apresaba empezó a derretirse lentamente hasta desaparecer por completo. Se vio como los cuerpos se posaban lentamente en el suelo a la vez que la maléfica materia secuestradora se fundía. En pantalla también se vio como los ocupantes de otros cajones no tuvieron tanta suerte, tal fue el caso de la tigresa madre y algunas personas a las que Erik había visto en su paseo exploratorio por la zona tras despertarse. En el caso de los felinos, la sustancia se derritió pero el cubo de encima se posó sobre la madre de los cachorros aplastándola. El cuerpo de la tigresa impidió que sus hijos fueran aplastados ya que, aun siendo un bloque muy pesado que acabó con su vida no era tanto como para reducirla al grosor de una alfombra. Los pequeños tigres, en cuanto se espabilaron salieron de allí despavoridos.

Aquí se terminó la sesión de cine volviendo la sala a su estado inicial. Los rostros de la familia eran un poema, parecía que no había consuelo ni nada que les pudiera dar aliento en esos momentos. Caius les observaba callado, era consciente de lo mal que lo estaban pasando. El silencio que se apoderó de la estancia era demoledor e incómodo, pero no podía durar para siempre….

.- Caius: *Si queréis os dejó solos para que podáis hablar entre vosotros, así digerís esto mejor.*

.- Erik: ¡NO!, No, por favor. Lo mejor es que se lleven a nuestros hijos a otra sala para que podamos hablar los adultos.

Tras un montón de protestas (alguna subida de tono), ruegos, lloros, pataleos y puñetazos en la mesa Marcus logró llevarse a los chavales.

.- Sara: No sé si podré soportarlo Erik

El hombre, que no había soltado la mano de su mujer en ningún momento, se la apretó un poco más.

.- Erik: Lo que sea lo afrontaremos juntos, como hicimos estos días de atrás o como hemos hecho siempre

La mujer sabía que la charla con Caius no iba a ser nada agradable en cuanto a su contenido, el militar no podía ser más amable con ellos, pero lo que debían tratar se le antojaba muy pero que muy desagradable.

.- Erik: A la vista de los acontecimientos, ¿Qué opciones tenemos a partir de ahora?

.- Caius: *Hay dos opciones, la recomendable pero más desagradable y la que vosotros quisierais pero que no tiene casi ninguna posibilidad de éxito.*

.- Sara: Pues sí que nos lo pintas bien…

El hombre se encogió de hombros con los brazos extendidos y los palmas hacia arriba, acompañando con un gesto facial que indicaba ¡es lo que hay muy a mi pesar!

.- Sara: ¿Y cuál es la recomendable?

.- Caius: *Incorporarse a nuestras filas*

.- Sara: ¿Y la que supuestamente elegiríamos?

.- Caius: *Volver a La Tierra*

.- Sara: Pues me gustaría saber porque tendríamos pocas posibilidades de regresar a casa

.- Caius: *Quienes os capturaron se han quedado en vuestro planeta para explotar muchos yacimientos mineros. Están también en el anillo de asteroides y en varias lunas de Júpiter con la misma intención. Cualquier nave que entre en vuestro sistema solar será interceptada rápidamente.*

.- Sara: ¿Y qué será entonces de la humanidad?, ¿y quiénes son esos mal nacidos que nos hacen esto?

.- Caius: *Son seres que a los que vosotros llamaríais robots, nosotros los conocemos como Los Artificiales. Es una larga historia los múltiples enfrentamientos que tenemos con ellos, ya habrá tiempo de contárosla. No es su objetivo conquistar vuestro mundo ni someter a sus habitantes, van a por las materias primas que les interesan, las cogerán y se irán. Si se vieran amenazados arrasarían el planeta pero la tecnología militar que tenéis actualmente no les hará ni un rasguño.*

La pareja se miró sin saber que decir. Volver a casa no parecía factible, al menos a corto plazo. Por sus cabezas pasaron los rostros de sus seres queridos, sobre todo abuelos, hermanos y demás familia cercana así como otras personas de su círculo íntimo pero no consanguíneas. ¿Qué sería de ellos?

.- Erik: Si lo que les interesa es la minería, ¿Por qué se llevan a la gente?

.- Caius: *Los usaran como esclavos y comerciaran con ellos, lo han hecho más veces con otras especies. O para hacer experimentos, quien sabe.*

.- Sara: ¿Y por qué no intervenís para detener este expolio?. Somos vuestros congéneres, deberíais ayudarnos.

.- Caius: *No quiero ser desconsiderado con mi respuesta, por muy dura que suene, pero prefiero ser directo. Intervenir nos obligaría a emplear muchos recursos y el beneficio que obtendríamos puede que no compense el esfuerzo. Los Artificiales son el peor enemigo conocido al que nos hemos enfrentado, creerme que las contiendas con ellos son muy duras. No nos gusta nada lo que está pasando en La Tierra pero de momento no podemos actuar, lo siento. Si os sirve de consuelo estamos valorando y analizando todas las opciones pero nos llevará un tiempo tomar la decisión de que hacer.*

Sara se levantó furiosa llorando y gritando

.- Sara: ¡COMO PODÉIS SER TAN MATERIALISTAS, JOOODER!. Están llevándose a nuestra gente como si fuera puto ganado y simplemente os quedáis observando.

Erik trató de contener a su furiosa mujer, no sin dificultad, mientras el curtido militar permanecía sin moverse, con una calma apabullante. Sus facciones mostraban compresión y a la vez firmeza.

Caius puso la mano sobre el hombro del hombre, el cual se había sentado en el sofá abrazado a su mujer mientras esta lloraba sin consuelo.

.- Caius: *¿Os dejo a solas para que podáis hablar tranquilamente?. No tenéis que decidiros hoy, tomaros el tiempo que creáis oportuno.*

.- Erik: Muchas gracias pero mejor quédate con nosotros. Preferimos rematar esto cuanto antes. ¿Cómo es la situación ahora mismo en nuestro planeta?. Y quiero que me digas la verdad. Agradecería también saber que pasará a corto/medio plazo.

Caius volvió a pulsar los controles del antebrazo transformando la sala de nuevo en un mini-cine. Se vieron imágenes de distintas ciudades de La Tierra combinadas con boletines de noticias. A su vez, el general conducía su relato sincronizado con lo que aparecía en pantalla.

.- Caius: *Las poblaciones humanas han sufrido muy pocos daños; aviones de combate derribados, saqueos y un*

poco de caos pero los ejércitos y las po-
licías están desplegadas en su mayoría
con lo que parece que hay algo de
calma, calma tensa, pero calma. Un es-
cudo magnético protege cada yaci-
miento de Los Artificiales, dudo mucho
que los ejércitos terrestres los puedan
superar; y mejor que no lo hagan. Si las
máquinas se ven amenazadas reduci-
rían todo a cenizas, ya lo hemos visto
otras veces. De alguna manera han he-
cho llegar este mensaje a los dirigentes
de los distintos países y por el momento
parece que ha surgido efecto.

.- Erik: ¿Y por nuestra zona?, ¿Cómo está la situación?. Allí no hay materias primas atractivas, que Yo sepa.

En pantalla apareció su barrio y su casa, también se mostraron poblaciones cercanas pero sobre todo donde vivían. La pareja se quedó petrificada, la emoción de ver su hogar desde el quinto pino del universo les iluminó la cara; todo estaba como siempre, quien lo diría…

El narrador los miró y sonrió, sabía que aquellas imágenes les iban animar.

.- Caius: *El daño ocasionado aquí se reduce a las personas capturadas. En este sentido, de momento, podéis ser optimistas si vuestros seres queridos viven por allí y no han sido hechos prisioneros.*

El planeta entero está conmocionado, como no puede ser de otra manera, pero por otro lado la situación no se ha desbocado. Lo que no sabemos es cuanto tiempo van a permanecer allí Los Artificiales explotando los recursos y si tienen intención de volver a por más gente. Puede ser cosa de unos meses, años o indefinidamente. Cuanto más se prolongue su presencia más opciones hay de que el conflicto estalle y nuestros congéneres sean exterminados, o casi.

.- Sara: Si vosotros entráis en escena, ¿Qué pasaría?. ¡Ah!, y discúlpame por haberte gritado, lo siento.

.- Caius: *No pasa nada, entiendo vuestro disgusto y comprendo tu reacción.*

Con el despliegue que tienen ahora mismo en el planeta y en el sistema solar no nos resultaría muy difícil doblegarlos pero no nos fiamos. Al igual que nosotros, se mueven muy rápido por el cosmos y en poco tiempo dispondrían de refuerzos que equilibrarían la balanza. Por eso estamos analizando minuciosamente las distintas opciones que podemos manejar.

.- Sara: ¿y que nos aconsejas?

.- Caius: *Que os unáis a nosotros y aprendáis todas las técnicas militares que podamos enseñaros. Y confiar en que esas chatarras se vayan lo antes posible de vuestro mundo.*

.- Sara: Cuándo sea seguro volver a La Tierra, ¿podremos irnos?.

.- Caius: *Probablemente sí, pero antes habrá que analizar la situación y preparar bien vuestra vuelta.*

.- Erik: ¿Qué circunstancias pueden darse para que nos respondas así y no un sí rotundo?

.- Caius: *Cualquiera que implique un riesgo; dada nuestra condición entenderás que no son pocas. No obstante, si os comunicáramos que es seguro regresar a casa tener claro que pronto estaríais de vuelta. Hablarlo tranquilamente entre vosotros y mañana o en unos días nos comunicáis vuestra decisión.*

.- Sara: Vale, pero antes nos gustaría saber vuestra historia. ¿Puedes contarla ahora o prefieres que volvamos mañana?

.- Caius: *Os la muestro ahora, estoy a vuestra entera disposición el tiempo que haga falta.*

Un nuevo documental arrancó en la gran "tele". Esta vez eran imágenes reales. La voz en off seguía guiando la historia.

Año 92 después de Cristo, el imperio romano dominaba el sur y centro de Europa, el norte de África y parte de Asia. Una fría noche de invierno una nave surca los cielos de Italia para posarse cerca de una gran villa romana. Por el tamaño de la misma, los campos cultivados que la rodeaban y los numerosos soldados que la vigilaban estaba claro que pertenecía a alguien muy importante. Cinco figuras humanoides, corpulentas y de casi tres metros de altura (al menos esa impresión daba) se bajaron del transporte espacial. Vestían unos trajes muy similares (por no decir iguales) a los que Marcus, Iulia y Caesar portaban. Sus cabezas en forma triangular con los picos redondeados, que se parecían a las de las mantis religiosas, se cubrían con cascos color metalizado.

.- Erik: ¿No me digas que también hay marcianitos en este cuento?

.- Caius: *Marcianos no, así se define a los supuestos habitantes de Marte.*

-. Erik: (con tono de sorna) Bueno, disculpe usted, voy a ser más exacto en mi comentario. ¿eso son jodidos extraterrestres?

.- Sara: ¿Quién es ahora el impertinente maleducado?

… Le espetó a su marido mirándole con cara de reprimenda

.- Erik: ¡Joooder!, era una broma.

.- Caius: *¡Calma, calma muchachos!. Soy militar no una roca. He entendido la broma, no hay ningún problema.*

Los cinco seres que habéis visto en acción son MENTORES, gracias a ellos somos lo que somos. Como podéis ver su fisonomía es parecida a la nuestra pero más grandes. La cabeza sí que es muy diferente ya que disponen de 3 ojos, dos frontales con otro en la parte trasera, lo que les permite tener una visión casi completa de todo su entorno. Son unos guerreros excepcionales y una civilización tecnológicamente muy avanzada. Ya habrá tiempo de hablar de los mentores...

.- Sara: ¿me lo parece a mí, o este video que nos muestras es real?

.- Caius: *Si, son sucesos reales. Los QL pueden también registrar acontecimientos en vivo.*

.- Erik: Entonces lo que estamos visionando es historia pura, ¡es impresionante!. Cierto es que parecen videos caseros, como si los grabarais con una videocámara no profesional aunque las imágenes tienen una calidad de primera.

.- Caius: *Utilizamos dispositivos militares y de uso científico, no de ocio.*

Tenemos infinidad de archivos visuales, no sólo de La Tierra si no sobre todo de nuestra propia historia; las colonias, batallas, viajes, en fin, como os dije, innumerables. Algún día podréis tener acceso a los mismos.

Sigamos viendo el relato para que así sepáis mas sobre nosotros.

Caius volvió a darle al "play".

Los soldados, aunque atónitos ante lo que se les venía encima, no dudaron en plantarles cara; pero poco duró la refriega. Los atacantes, con descargas eléctricas que salían de sus manos, redujeron a todo combatiente en pocos minutos. Flechas y lanzas rebotaban en sus trajes igual que si lo hicieran contra una pared de piedra, las espadas ningún daño infligían tampoco. Una vez en el recinto, uno de ellos se metió en la casa e hizo lo propio con los nobles (adultos y niños) que allí se estaban levantando al oír los gritos de los defensores. Los rayos que les aplicaban no los mataban, sólo los aturdían y los dejaban sin conocimiento. Los otros cuatro fueron a las estancias de los esclavos; no sin esfuerzo, los sacaron fuera reuniéndolos a todos en un gran patio al lado de donde vivían; entre hombres, mujeres y niños había más de 50 personas. La pobre gente allí congregada estaba muerta de miedo con lo que permanecieron inmóviles como corderos asustados.

Los asaltantes rodearon al grupo esperando a que se calmaran y guardaran silencio. Una vez cesó el bullicio uno de ellos, el más grande dio un paso al frente. Su traje era de un color más oscuro siendo también su casco distinto, tenía unas protuberancias en forma de picos, como los galones de un sargento. Todo apuntaba que era el jefe. Les habló en perfecto latín.

.- Mentor jefe: *¿QUIEN DE VOSOTROS ES EL LIDER?*

Los allí presentes se miraban unos a otros sin saber que hacer ni que decir

.- Mentor jefe: *NO OS HAREMOS DAÑO, NO TENGAIS MIEDO*

Un hombre corpulento, con barba y pelo gris, ya entrado en años, dio un paso al frente.

.- Esclavo: *Mi nombre es Manius, ¡No soy su líder pero he sido y soy el maestro de muchos de los presentes. ¿Qué queréis de nosotros?.*

.- Mentor jefe: *QUEREMOS RE-CLUTAROS*

.- Manius: *¿reclutarnos?, pertenece-mos al señor de esta villa.*

.- Mentor jefe: *ESO LO VAIS A DE-CIDIR VOSOTROS. PODEIS VENIR CON NOSOTROS, SER LIBRES Y FORMAR PARTE DE UNO DE NUESTROS EJERCITOS O QUEDA-ROS AQUÍ PARA SEGUIR SIENDO ESCLAVOS*

El hombre no supo que decir, se volvió hacia sus compañeros de penurias en busca de alguna respuesta pues estaba seguro de que habían escuchado la conversación. Empezaron varias conversaciones por lo bajo en distintos puntos del grupo las cuales subían de volumen a medida que pasaban los segundos y se sumaban voces a las mismas. Lo que empezó como un murmullo múltiple acabó convirtiéndose en una discusión grupal, que subía y subía de tono hasta llegar casi a las manos entre alguno de sus participantes.

.- Mentor jefe: *¡SILENCIO!*

La orden imperativa resonó como un trueno apagando en un santiamén el acalorado debate. Se quedaron todos expectantes.

.- Mentor jefe: *NO VAMOS A INSISTIR NI A OBLIGAROS A NADA, EL QUE QUIERA VENIR ES LIBRE*

DE HACERLO. TENEMOS NUES-
TRA NAVE A LAS AFUERAS DE LA
VILLA. NO ESPERAREMOS MU-
CHO TIEMPO, LUEGO NOS IRE-
MOS. TENEIS UNA OPORTUNIDAD
UNICA DE LIBRAROS DE VUES-
TRO YUGO PARA VIVIR Y MORIR
DIGNAMENTE.

.- Manius: *¿A dónde nos llevaríais,*
que vida nos espera con vosotros, que
trabajos tendríamos que hacer?. En-
tended que nos pedís que os sigamos a
ciegas.

.- Mentor jefe: *OS LLEVAREMOS A*
UN LEJANO PLANETA, MUY SIMI-
LAR A ESTE. QUEREMOS CREAR
UN PODEROSO EJERCITO DE HU-
MANOS, INSTRUIDOS, FUERTES Y
CAPACES. NO NOS CONOCEIS Y
ENTIENDO VUESTRA DESCON-
FIANZA PERO DUDO QUE TEN-
GAIS OTRA OPORTUNIDAD COMO
ESTA PARA CAMBIAR VUESTRA

PENOSA VIDA. ELEGID ENTRE VI-VIR COMO ESCLAVOS O COMO CIUDADANOS-GUERREROS LI-BRES.

.- Manius: *La mayoría de nosotros no sabemos luchar, ¿Cómo vamos a ser soldados?. ¿y nuestras mujeres y los niños, que será de ellos?*

.- Mentor jefe: *A PELEAR Y LU-CHAR SE APRENDE, SOMOS BUE-NOS MAESTROS. FORMAREMOS A PERSONAS, DA IGUAL QUE SEAN VARONES O HEMBRAS. LOS NI-ÑOS POR SUPUESTO QUE PUE-DEN VENIR, SON LA CLAVE PARA FORMAR UN BUEN EJERCITO, SON EL FUTURO.*

El esclavo interlocutor se giró hacia su gente a ver si alguno quería preguntar algo más.

.- Mentor jefe: *¡DECIDIOS RÁ-PIDO!*

Dicho esto los mentores se retiraron dejando a los pobres desdichados con el peso de la decisión más importante de sus martirizadas vidas.

Al poco tiempo el caos dialectico volvió a apoderarse del grupo que allí se encontraba al frío de una noche invernal. Era tal el impacto emocional que sus pieles no percibían las bajas temperaturas.

.- Manius: *¡Callaos de una vez atajo de brutos!. Ya habéis oído a estos "gentiles señores", podéis embarcaros en una incierta, pero aparentemente apasionante aventura, o seguir con una mísera existencia. Yo lo tengo claro.*

Acto seguido el maestro escupió en el suelo y comenzó a andar hacia su estancia. Sus compadres le miraban en silencio, incapaces de reaccionar.

Justo antes de entrar, se volvió hacia ellos

.- Manius: *Cualquier devenir que me acontezca a partir de ahora fuera de este maldito lugar no puede ser peor que lo padecido hasta hoy.*

Un hombre corpulento, de mediana edad y de aspecto rudo fue hacia Él.

.- Manius: **Numerius, ¿vendrás conmigo?.**

El fortachón le puso la mano en el hombro.

.- Numerius: **Maestro, mi familia y Yo te seguiremos hasta el mismísimo infierno. Pero tengo un trabajo que hacer antes de partir hacia las estrellas.**

Ante la atenta mirada de los presentes el pupilo fue hasta donde estaba uno de los soldados inconsciente; le cogió su espada, le levantó la cabeza agarrándolo por los pelos y le rajó la garganta. El desdichado romano abrió enteramente los ojos para dar su último estertor bañado en su propia sangre.

.- Numerius: **¡VENGANZA!, ¡VENGANZA!, ¡VENGANZA!,¡VENGANZA!, ¡VENGANZA!,**

Gritaba el enfurecido esclavo mientras alzaba la espada manchada del rojo soporte vital. El resto del personal le acompañó a coro y la palabra VENGANZA les unió en un grito colectivo. Todos, y absolutamente todos, se unieron en el clamor, hasta los niños. Tal era el sufrimiento acumulado que, al verse liberados y con la potestad de cobrarse los agravios recibidos, les supuso una inyección de moral como nunca habían experimentado.

Rápidamente se movilizaron para ir dando buena cuenta de todas las gentes libres que en aquel lugar habitaban. Los soldados junto con los nobles fueron pasados a espada y cuchillo. No hubo clemencia ni para los hijos de los dueños.

Una vez saldada la factura vengativa el grupo salió de la villa dejando atrás un rastro de muerte y fuego en respuesta a tantos años de innumerables maltratos.

Los mentores los esperaban al lado de la nave, uno de ellos estaba algo más adelantado.

.- Manius: *Nuestras vidas están en vuestras manos ahora. Tratadnos bien y no os decepcionaremos.*

.- Mentor jefe: *A PARTIR DE AHORA VUESTRO CAMINO SERÁ INCIERTO PERO LO ANDAREIS EN LIBERTAD Y CON HONOR. OS CONVERTIREMOS EN UN EJERCITO TEMIBLE Y RESPETABLE.*

El artefacto, parecido al que recogió a la familia en Dino, salió de La Tierra con destino a una grandísima nave que orbitaba nuestro planeta. Los nuevos libertos mantenían los ojos abiertos sin pestañear en un asombro colectivo que se prolongaba desde su despegue. La vistas aéreas, la salida al espacio exterior añadido al posterior encuentro con el colosal crucero espacial mantenía callado y alucinado al grupo. Ningún ser humano había experimentado nunca tales vivencias, además había sucedido todo en tan poco tiempo que muchos se encontraban en estado de shock.

Más mentores les esperaban en el hangar, estos iban sin casco. Al ver esas cabezas semejantes a las de uno de los insectos más mortíferos se quedaron parados al final de la rampa por la que salieron; ¡y un tercer ojo en la parte trasera!. Una mezcla de miedo, asco y sorpresa los mantenía sin poder reaccionar, ¡estaban estupefactos!. Esto ya era demasiado.

Manius, al frente y, sin pedirlo, ejercía de líder pero tampoco sabía que hacer, era una situación muy incómoda.

El jefe de los mentores que los había reclutado apareció en escena, se plantó delante de la gente y se quitó el casco.

.- Mentor jefe: *NO OS ASUSTEIS, NUESTRAS CABEZAS SE PARECEN A LAS DE LAS MANTIS RELIGIOSAS PERO, PARA VUESTRA TRANQUILIDAD, NO TENEMOS SUS HABITOS ALIMENTICIOS. SEGURO QUE TAMBIENÉN OS LLAMA LA ATENCION EL TERCER OJO.*

La enorme criatura giró la cabeza para apuntarles con su trasero raro miembro visual, muy parecido al de los camaleones.

Un murmullo de repulsa con estupor recorrió a los ya no esclavos. Algunos pequeños volvieron sus cabecitas tratando de esconderlas en las ropas de sus mayores.

.- Mentor jefe: *ESTE OJO LO MANTENEMOS CERRADO EXCEPTO EN SITUACIONES DE POSIBLE PELIGRO, NOS AYUDA A COMBATIR MEJOR.*

YA NOS IREIS CONOCIENDO.

NO OLVIDEIS QUE A PARTIR DE AHORA SOIS NUESTROS ALIADOS Y, CON EL TIEMPO, NUESTROS AMIGOS.

VUESTRA INSTRUCCIÓN EMPIEZA YA MISMO.

Los nuevos reclutas fueron conducidos a lo que serían sus nuevas dependencias. Pudieron asearse y, los que lo necesitaron, recibieron asistencia médica; latigazos, porrazos, alguna fractura y heridas de todo tipo fueron tratadas y curadas. También se les entregó ropa nueva y, por supuesto, se les dio de comer.

.- Erik: Me suena de algo esa ropa que les dieron. Seguro que no les disteis calzoncillos ni bragas tampoco.

Sara y Caius rieron con Erik. Su chiste en alusión a la misma vestimenta que la pareja portaba rompió el silencio.

.- Caius: *Si, nuestra moda militar es poco cambiante. Eso no os lo hemos copiado.*

Los libertadores espaciales siguieron en su cometido durante varios días por todo el imperio romano. Reclutaron a mas de 5.000 esclavos de todas las edades y razas. Estas gentes fueron el principio de lo que actualmente es uno de los ejércitos más temidos y respetados de la galaxia.

La pantalla se apagó para posteriormente cambiar la habitación de cine a sala-despacho.

La pareja se miró con cara de resignación para posteriormente fijar los ojos en su anfitrión.

.- Caius: *Con nosotros estaréis muy bien y aprenderéis mucho. Será duro estar lejos de vuestros seres queridos pero tenéis que ser fuertes estando más unidos que nunca.*

Insisto en que mandaros en una nave a vuestra suerte es muy muy arriesgado, tendríais muy pocas opciones de llegar, os interceptarían con casi total seguridad.

.- Sara: ¿Y nuestros hijos?, ¿Dónde y qué estudiaran?. ¿Dónde viviremos?, ¿en un barracón militar?. ¿Qué vamos a estar pegando tiros y corriendo con mochilas cargadas de piedras todo el tiempo?. Por favor…..No quiero ser desconsiderada pero comprende que nuestra vida se ha desmoronado en cuestión de segundos. Nos toman prisioneros unos robots que han invadido La Tierra, nos atacan dinosaurios, resulta que estamos en otro planeta con gente cuyos líderes son unos extraterrestres de 3 ojos….¡¿No es para volverse loca!?.

.- Erik: ¡Coño Sara!, menudo resumen mas aplastante que te acabas de marcar.

.- Caius: *Vuestra frustración es comprensible, lo único que te puedo decir es que, salvo cuando estamos en combate, nuestra vida es bastante gratificante, mucho más que la llevabais hasta ahora. Y digo esto con conocimiento de causa. Nuestra gente es feliz a pesar de pertenecer a un duro régimen militar. Hay tiempo para todo, trabajar, estar con la familia, el ocio, el deporte, viajar... Somos humanos como vosotros con lo que tenemos los mismos gustos, solo que disfrutamos de los mismos de otra forma. Y con la diferencia de que en nuestra civilización no hay pobreza. Mas del 10% de vuestra humanidad es extremadamente pobre y alrededor del 80% tiene serios problemas para tener una existencia digna. Vosotros mismos seguro que quisierais mejorar muchos aspectos de vuestra vida. En nuestra civilización todo el mundo disfruta de lo mismo, hay diferencias, está claro, los privilegios de un general no son los mismos que los de un capitán ni que los de un soldado, pero tampoco hay tanta desigualdad.*

Tampoco puedo detallaros todos los aspectos y particularidades pero reflexionad bien con lo que acabo de deciros. Al final sólo hay dos alternativas: <u>vuestra seguridad o el peligroso regreso a casa.</u>

El matrimonio asintió y acto seguido se levantaron. Erik le estrechó la mano en un acto de agradecimiento. Sara hizo lo propio y además besó al general en la mejilla, lo cual agradeció de buen grado el curtido militar.

Marcus se llevó de vuelta a la familia .Cuando estuvieron los cuatro a solas en las estancias donde se alojaban, los padres pusieron al corriente a sus hijos de la situación. Tras un pequeño debate donde los lamentos y las protestas de los muchachos ocuparon la mayor parte del tiempo Erik intervino con seriedad.

.- Erik: Quejarnos no nos va a servir de nada, así que, ¡basta ya!. Tenemos que ser pragmáticos

.- Daniel: ¿Prag… que?

.- Erik: Centrarnos para no perder el tiempo llorando, ¿ok?. Ser pragmático es ser práctico, atacar los problemas sin rodeos.

.- Daniel: Pues por muy pragaticos que seamos, o como cojones se diga, lo tenemos bien jodido.

.- Sara: ¡Mira niñato..!. O controlas esa lengua o te voy a…

.- Erik: Bueno, bueno, haya paz

.- Sara: Con todo el dolor de mi corazón, lo mejor es que nos quedemos con ellos. No vamos a arriesgarnos a terminar como polvo galáctico nada más asomar la nariz por el sistema solar.

Los demás se miraron unos a otros para finalmente asentir, era la opción menos mala. Por sus cabezas pasaron los rostros de familiares, amigos, compañeros, colegas, rivales, vecinos y demás personas con las que se relacionaban. Y a todos les abordó la misma pregunta, ¿hasta cuándo?.

Kevin cogió a los tigres en brazos y les preguntó:

.- Kevin: ¿y vosotros que opináis?

Los demás rieron mientras alargaban las manos para acariciar a sus nuevas e inusuales mascotas. No obstante tener a dos tigres como animales de compañía ahora mismo era lo más normal que les acontecía.

.- Sara: Aun sigo sin creerme lo que nos está pasando. A veces cierro los ojos con la esperanza de abrirlos despertándome de una pesadilla pero la puta realidad que estamos viviendo es en sí un muy mal sueño.

Daniel miró a su madre con aire medio burlón y medio represor. La mujer le respondió con una sonrisa de niña buena a su vez que juntaba las manos pidiendo perdón por la palabrota.

.- Erik: Mira el lado positivo, con todo lo que nos ha pasado estos días tenemos para escribir un buen libro.

.- Sara: ¿y que se será de nosotros a partir de hoy?

Erik miró a su mujer, le cogió la mano, centró la vista en sus hijos, los cuales jugaban con los cachorros, volvió a fijar los ojos en ella y con una sonrisa le dijo:

.- Erik: Nos irá bien, a partir de aquí a buen seguro que habrá material para un segundo episodio.

FIN

Sobre el autor

Es mi primera novela y espero que la primera de muchas.

www.ingramcontent.com/pod-product-compliance
Lightning Source LLC
Chambersburg PA
CBHW020325200626
46814CB00006BB/2425